世界那么大，我想去看看

顾少强 — 著

人民日报出版社

✳ 吴哥窟的
日出

静水、流云、倒影……
在它们面前，
所有的人都只是背景。

水光潋滟此时好，
山色空蒙是处奇。

* 洱海骑行

✳ 苍山
　洱海

阳光的手指，
你看到了吗？

✳ 赶集

在街子古镇，
我情愿用竹篓盛满
最红尘的生活。

✳ 柬埔寨

怎一个 "钦佩" 了得?

背后层门眼前景，
望远又岂必登高？

自序

终于提笔写了这本书。

素来保持写作的习惯，安静地，默默用笔尖写下心情，记录生活点滴。妈妈说，我和姐姐的文字都很好，各有特点，姐姐的华丽如诗歌，我的平实如生活。

多年前，曾经把写过的文章自己用针线装订起来，厚厚的一本，封面封底用硬硬的纸张做保护，拿着锥子用力穿透每一页，粗粗的棉线歪歪扭扭，却将过往装订成册。于是，那本书，就成为我生活忠实的记录者。没有拿给别人看过，只是闲时自己翻阅，配上一杯茶或咖啡，回望过去的日子，纪念逝去的年华。没有悲伤，没有哀怨，没有慨叹，有的，只是对过往的追忆。一切，过去了，就不再沉溺其中。未来，才重要。

从未想过，我会在人近中年时成为热点人物。那封随心一写、随手一拍的辞职信，会搅起如此大的旋涡，让所有人投来关注的目光。用郭德纲的话说，叫作"屎尿未及"。于是，伴随着新闻事件和我的沉默，很快有人出了同名歌曲，用广场舞的节奏，替我唱出他们猜想的"我的世界"。我在网上听过那首歌，只是几秒钟，就已经无法忍受。歌词更是恢弘大气，祖国的大好河山被歌颂了一遍，直抒胸臆。但是，正如那句话"子非鱼，焉知鱼之乐"，你不是我，又怎会了解我想看的世界？再后来，许多人合集出了同名的书，虽然我没有买来看过，但是在网上浏览过封面，应该是时间仓促，一人无法完成，所以找了一群人合著，快马加鞭，赶上那段新闻浪潮，大赚一笔。有些人在微博上冒充我，注册了诸如"心理老师顾少强"等名字，以至于我现在想真名实姓地注册，反而被挤得没地方，只能在后面加上后缀"顾少强于夫"。冒充我的那些人，他们不断发一些模糊的照片和关于行走的文字，极其文艺，极其煽情，带领一群粉丝"替"我去"看世界"，粉丝们送来无数鼓励和祝福的话语，让他们一定要坚持下去。

我曾经说过，不喜欢这样急功近利的方式。如果，大家觉得那句话表达了你们的心声，代表了你们内心的呼喊，那么，谁说都可以。但是，如果你用这句话替我来说话，那么，我不答应。后来，甚至接到一个电话，那人说，他曾经在微博上私信过"我"，和我商量过合作的事宜，问我考虑好了没有。直到那个时候，我才明白了事情的严重性。我不知道，那些冒充我的人们，到底打着我的招牌私下里谈了什么买卖，但是，即使你从中只赚取了一分钱，我也不答应，我不会拿那钱，但会从你手中打落。这就是我的性格，永远不会改变。

如今，仍不断有人问我很多问题，猜测着我现在的生活，是否还要去看一看世界。旅行，当然还是要去的，那是我和于夫人生中重要的一部分。但是，我们想看的世界，不仅是物质的山山水水，不仅是那些自然风光，还有的，是人的精神世界，那个世界，更为丰富。如今，我们无论是旅行还是在客栈里度过的时光，都是美好的，不断地遇到一些人，成为朋友，交换思想，让我看到更为广阔的精神世界。

关于我和于夫的一切，我想，这本书，可以明明白白告诉你。那些看似平常无奇的生活点滴，组合成了最为真实的我们。有朋友说，你的速度也太慢了，这本书离"辞职信事件"已经过去一年半了，先机都被别人抢光了。我说，没关系，我没打算赶上那个新闻浪潮赚钱，也无所谓早晚，现在写出来，只要是自己的心声，就好。

很多很多年前，我刚工作，工资不高，基本月半即光。那时，我曾跟姐姐说，我想出本书，你可以赞助我吗？她说，好的，但是，你要在扉页上写上"谨以此书献给我最最亲爱的姐姐"。我没妥协，无法成交。那时我觉得，我好不容易写本书，为什么还要送给你？但是现在，我想把这本书送给她，我的姐姐，最最亲爱的姐姐，还有我们的家人们，当然，还有我们那些真挚的朋友。

我爱你们！

2016 年 5 月 3 日于街子古镇远归客栈

目录 | contents

壹

Part One

辞 职 始 末

貳

Part two

于夫的顾事

叁

Part Three

定居古镇

肆
Part Four

我的成长

伍

Part Five

关于人生

陆
Part Six

读书与旅行

壹

辞 职 始 末

Part One

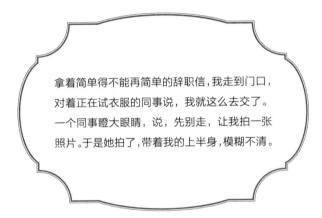

拿着简单得不能再简单的辞职信,我走到门口,对着正在试衣服的同事说,我就这么去交了。

一个同事瞪大眼睛,说,先别走,让我拍一张照片。于是她拍了,带着我的上半身,模糊不清。

世界那么大,我想去看看

说说
那封辞职信

2015年4月13日上午11点，我提笔写下辞职信"世界那么大，我想去看看"，转身离开我生活了将近三十五年的那座城市。

所有人认识我，都是源于那封只有十个字的辞职信。即使你不认识我，也一定听说过这句话。

我叫顾少强，一个有着男孩儿名字的女性，出生在河南郑州，之前的三十五年，我一直生活在那个省会城市，是河南省实验中学的一名心理教师。

不经意走红网络，我被疯狂搜索，人们开始关注我这个中学心理教师，猜测着我为何写下这句话，究竟去了哪里，开始怎样的生活。看到那封辞职信的人们都激动不已，有人说，我说了他们想说而不敢说的话，做了他们想做而不敢做的事。那封辞职信，被称为"史上最具情怀的辞职信，没有之一"，言简意赅，却直指人心。那段时间，铺天盖地，全是关于这件事情的新闻。后来想想，大家之所以如此关注我，可能有以下几个因素：重点中学、两个假期、工作稳定、待遇优厚、言简意赅。最重要的是这样一个因素——心理学老师。所以大家一定认为：你看，生活多么艰辛，她一定是在学校不受重视，屡遭排挤，所以，这个心理老师，终于疯了。

如今，听说这封辞职信静静地躺在我原单位的校史馆里，列入史册。我从未想过，我会在这所学校留下痕迹，几百人的教师队伍，我站在队列当中并不十分显眼。那座校史馆，是学校最古老的教学楼改建的，一走进楼，就能闻到古老陈旧的木头散发出的独特味道，我沉迷于这种味道，喜欢脚踩在木质楼梯上发出的吱呀声。不知道为什么，我总是对这样有历史感的东西感兴趣，也记不起是从何时开始，但一定到此生结束时才会终止。如今它被列为省级保护文物，重新修建，光彩重现。我曾经带领学生去参观过，每一年入校的新生，都要走进这栋房子先了解这所学校的历史。那里有好多好多的照片，三层楼，见证了一个学校几十年的风风雨雨。我们单位一共出过两位名人，一位是赫赫有名的施一公，中国科学院院士、结构生物学家，获得美国约翰霍普金斯大学博士学位。2008 年，他婉拒了美国霍华德休斯医学中心（HHMI）研究员的邀请，全职回到清华大学工作，任清华大学生命科学学院院长、教授、博导，2015 年 9 月出任清华大学副校长。另一位，就是我。

我觉得把我和施一公放在一起比较，有些惭愧。当年他荣归故里，回到母校，我曾经在学校的大报告厅多次听过他的讲演，那是一个尊重科学、励精图治的中年人，放弃国外优渥的待遇回国，只为实现心中的梦。而我，只是一个听从自己内心声音、勇敢改变生活方式的人罢了。如果非要找一个共同点，我想，那就是，我们都是内心强大的人。

其实，存放进校史馆的那封辞职信才是原稿，我写完就直接递交给了科室主任，她慎重地签了字，留下了，等待其他科室主任和校领导的签字。后来网上走红的那一封，是我回到办公室后，想起忘记拍照就交了，也不可能再拿回来，所以，索性提笔又写的。写完，拍照留念，发在朋友圈和空间里，配上同样简短的文字："再见了，过去。"第二次写的那封辞职信，被我随手扔在了办公桌上，甚至都没从一大沓信纸上面撕下来。只是临走前又去了一趟办公室，看到它还在那儿躺着，就叠起来夹在书里带回家。

如今，第二封辞职信还在我的书里夹着，上面还留着后来同事无聊时坐在我的办公桌前随手写的两个字"红包"，她们一定是在商量给哪个同事随份子时，随手写下的，我都能猜出是谁写的，不是依靠字迹，而是我们相处了那么多年，我太了解这些同事。后来听同事们说，学校的某个中层领导规定，谁再辞职，都要用空白的 A4 纸写辞职信，不能再用印有学校抬头的信纸了。这个辞职信事件，让全国都知道了这所原本就很重点很有名的中学，当然，也给校领导带来了一些麻烦，因为，谁见到他们，都会好奇地打听关于我的事情。

我想，我可以把这封辞职信好好留存起来，然后，在多年后的某一天，拿出来给我的孩子们看，在古镇的院子里，晒着太阳给他们讲讲这件有趣的事儿。

我当教师的
那十一年

　　大学之前，我没做过什么选择，一切，都是听从家里人的安排。我似乎从来不用思考，答案，就摆在那儿，没有什么好坏之分，照着做就可以了。也许，很多人也是这样长大的，和我一样，没想过要如何规划自己的人生，只是在别人的思考和建议中成长，忘记了，人生，还需要自己的思考。

　　报高考志愿时，没人能帮我了，因为，我是家里的第一个本科生，家人的经验，只是止步于专科，我的哥哥姐姐们，没给我家人这样的锻炼机会。那时，我最终选择了心理学专业，只是出于好奇。老师只是在考试后，给每个人发了一本关于专业选择的书，我就吭哧吭哧地背回家。全家人盯着那本摆在桌上的厚厚的书，上面密密麻麻写满了各种闻所未闻的专业，所有人大眼瞪小眼，谁也不说话。那时，没有人可以告诉我，那些稀奇古怪的专业都是干什么的，要学什么样的课程，将来可以从事什么行业，有着什么样的人生。老师，不会讲，家人，他们也不懂。那时，也没有网络，没地方找到答案。有时我想，如果是现在，我可以在网络的帮助下，轻松选择适合自己的院校和专业，可是那时的我，还是个不谙世事的小女孩。我妈最后打破僵局，说："女孩子，最好从事两种工作，要么当医生，要么当老师。"我胆小，想象着医生的工作，每天拿着手术刀研究身体的各个组成部分，每天捧着骷髅头研究骨骼和肌肉结构，而且听说，要有能在太平间坦然吃肉包子的胆量。我想了想，还是算了吧，所以，只能选择教师，选择的范围缩小到师范院校。心烦意乱地翻看了那本书，偶然看到"心理学"，忽然想起曾经看过的美国电视剧《成长的烦恼》，里面那个英俊幽默的父亲杰森，就是心理医生，他是一个家庭的灵魂，无论遇到什么问题，他都可以带领一家人幸福快乐地面对。小的时候，最喜欢看这部外国电视剧，父母是相爱的，儿女是自由的，任何话题都可以拿出来说，最重要的是，他可以在家里工作，还可以遇到很多有意思的来访者。于是，我当机立断，误打误撞选择了心理学。

现在，我很感谢当时的选择，也许，这就是缘分，把我和心理学联系在一起，在幼年时的电视剧里埋下伏笔，指引着我的人生方向。就像生活中有很多路，无论你怎么选择，该遇上的，总会遇上，兜兜转转，在某个路口，转身看到灿烂的、熟悉的微笑。

大学报到时，我还穿着花裙子、白色的小皮鞋，拎着一个小包包，昂首挺胸、极其淑女地走在校园里。我妈和我姐扛着大包小包的行李，累得气喘吁吁，四处打听着帮我办理手续。终于把所有手续办好了，我妈还要求帮我铺床，我姐翻了翻白眼拉着我妈就走了，剩下我一个人傻呆呆地站在宿舍里手足无措。我姐说："她都多大了，这点儿事儿就让她自己弄，怎么不行？"我妈回家时，哭了一路，一边哭，一边骂我姐，说我姐太狠心，感觉我是被发配到了一个偏远地带，尤其是那时，新乡那个城市喜欢烧麦秸秆，狼烟动地。我妈最后泪眼婆娑地问我姐："可以转学吗？"回到家，每当吃饭时，我妈都不喝粥，说是我最爱喝，我在那么个地方，什么都喝不上，所以，她也誓死不喝。我听说了，觉得心疼，却也愈发觉得我妈仗义，荣辱与共，够意思。

大学生活就这样开始了。四年，懵懵懂懂，各种专业课也算学得不错，属于考前一突击，就能得高分的那种类型。虽然参加了不少学校的活动，也得了不少奖，还当了团支书，但是，我依然是那个不会思考、凡事没什么想法的单纯女孩。关于未来，我没有什么规划和期待，路，自然在那里，走过去，便望见了。至于想过什么样的生活，我从未想过，大家都是那样过日子的，每天重复着，按月领工资，买喜欢的东西。临近毕业时，仍旧是听从家人的建议，他们希望我从事教师工作，而且，生活的城市离家人近一些。那么，我无须犹豫，那所省重点中学便是最佳选择。

我上大学那几年，正赶上扩招，毕业时，也赶上了那所省重点学校扩大规模，连续三年招了大量的教师。所以，我觉得我还是挺幸运的，赶上最好的时代。

大学毕业之后的十一年，我都是在那所学校度过的。最好的年华，伴随着学生的成长。我喜欢那所学校，历史悠久却充满活力，给学生和老师极大的空间做自己喜欢的事情，每个学期都有好多有趣的活动。相比较其他同类型的中学，我们不是教学生死读书，而是在实践中做最好的自己，提高综合能力。听说，我们学校毕业的学生，在大学里大放光彩，特别是在北大、清华那样的名校，我们的毕业生轻松 PK 其他重点中学毕业的学生，担当重任。我们那所学校的校训，在大门的背面，八个大字——异想天开，脚踏实地，费孝通先生题写的。每天，放学时间，无数学生和老师经过这里，心里默默记住这句话。我想，这个国家，应该再没有一所中学，可以有如此气魄，用这样的话作为校训了吧。大多数的学校，都是规劝学生好好学习、天天向上、立志报国的，很少有校训是鼓励学生们从小事做起、敢想敢做的。

就在前不久，我们河南省实验中学再次成为新闻中心，一个简短的校信通通知，言简意赅，直奔主题。内容如下："通知：原定今天的升旗仪式取消，原因是看不见旗。另外，请大家注意交通安全。"由于雾霾，无法升旗，通知也简单明了。这条短信，再次让人们感受到河南省实验中学的情怀，就是这么接地气，不啰唆。

那些年，我很努力地工作，甚至可以用拼命来形容。作为心理教师，我平日里给学生上《心理健康教育课》、团体活动课，组织大型讲座，负责个体咨询、团体咨询、心理测量、心理剧大赛……

除此之外，因为心理室隶属学生处，还要负责很多和学生有关的工作：新生军训、体检、升国旗、艺术节……凡是和学生有关的事情，我们都要管。我曾经在盛夏的操场上背起晕倒的一米八的男生，说走就走；大雪天穿着羽绒服、吸溜着鼻涕，站在校园里举着大喇叭让学生把自行车停放到另一个临时场地；遇上大型活动，我就成了摄影师，在草地上跪着、趴着给师生拍照；心理剧大赛，多少个夜晚，我和姐妹们啃着烧饼夹菜，累得坐在地板上靠着墙壁休息；元旦晚会，我又变成了化妆师，对着无数张学生的脸描画着；军营里，我趁学生们休息的时间，一个班级挨着一个班级地带他们做心理游戏，促进彼此了解，增强班级凝聚力……我曾经筹备了两周，花费 1500 元准备道具、材料、奖品，邀请附近好几所中小学的心理老师们帮我一起做心理活动，那个下午，整个班级的孩子们都玩儿嗨了，我买了机器猫的玩偶服装穿上给他们颁奖，自己比学生还开心。后来，那个班级的学生在年级学生干部竞选时，竟然占了三分之一名额。

对于外出学习的机会，我格外珍惜，即使是自费，只要觉得课程值得，就自己掏腰包，不远万里。那些年，我的工资，大部分都花在了旅行和学习上，没多少积蓄，更没买过一样高档的东西，却觉得特别值。我似乎是个怪人，别的女生看到珠宝首饰就眼睛发光，而我，总是觉得花那么多银子买来一个钻戒或者项链戴着，没多大意义。跟我同年毕业、一起进入那个学校的同事们，都已经买了房子、付了全款，而我，从未想过要把钱花在那些事情上面。记得第一次跟妈妈、姐姐、外甥去香港，别的女人进了商场就直奔名牌化妆品专区，每个人都买了几万块的化妆品，只有我带着外甥在旁边溜达，最后，只买了一支施华洛世奇的圆珠笔，三百港币。施华洛世奇，是我唯一喜欢的名牌了，虽然算不上什么大品牌，但是喜欢水晶那种晶莹剔透，闪烁着光芒。我妈当时就骄傲地说："我二女儿就是不一样啊，就是爱学习。"后来，去澳门的时候要过天桥，一个女人装满 DIOR 的旅行箱竟然连拉杆都断了，让人叹为观止。我对物质的要求不高，有吃有住就行了，那些物质的东西，没必要一定在自己名下才心情舒畅。相反，对于精神的追求，却从未放弃。

很多年前看过高晓松写的一篇文章，深受感动，题目至今仍记忆深刻，叫作"不买房，买梦想"。高晓松回忆了他在清华大学度过的童年："关于房子，我跟大多数人概念不一样。我从小住在清华校园里，家是那种二层的小楼，外表看起来很普通，面积也不是特大，但是特别安静。这地儿都没动过，也没装修之说，从我生下来就是这样红色的，很老很旧。但我在那儿真觉得挺好，有一个家，不仅仅是睡觉的地方，我自己也不知道这房子多少年了，我们也在感慨：后边的院子多好啊，出门就是操场、游泳馆，还有漂亮的女生、白发的先生；四周的邻居，随便踹开一家的门，里面住的都是中国顶级的大知识分子，进去聊会儿天怎么都长知识，梁思成林徽因就住我前面的院子。小时候有什么问题家里老人就写一张字条，说这问题你问谁谁谁。我找到人家家里，打开字条一看，哦，你是那谁家的孩子，那你讲吧，都是中国头把交椅啊。这才是住处真正的意义吧，它让你透气，而不是豪华的景观、户型和装修什么的。""经常在旅途中碰上一堆人，然后很快成为朋友，然后喝酒，然后下了火车各自离去。之前还在欧洲碰见一个东欧乐队，我帮人弹琴，后来还跟人卖艺去了，跟着人到处跑到处弹唱，到荷兰，到西班牙，到丹麦……我妈也是，一个人背包走遍世界，我妈现在还在流浪，在考察美国天主教遗址。我妹也是，也没有买房，她挣的钱比我多得多。之前她骑摩托横穿非洲，摩托车在沙漠小村里坏了，她索性就在那里生活两个月等着零件寄到。然后在撒哈拉沙漠一小村子里给我写一个明信片，叫作'彩虹之上'，她在明信片里告诉我说，哥，我骑了一个宝马摩托，好开心。我看到沙漠深处的血色残阳，与酋长族人喝酒，他们的笑容晃眼睛……因为我跟我妹都不买房，你知道你只要不买房，你想开什么车开什么车。你想，你一个厕所的面积就恨不得能买一奔驰。然后她就开一宝马摩托，坏了，说整个非洲都没这零件，她说你知道我现在在做什么吗？我在撒哈拉一个小村子里给人当导游。我妈从小就教育我们，不要被一些所谓的财产困住。所以我跟我妹走遍世界，然后我俩都不买房，就觉得很幸福。我妈说生活不是眼前的苟且，生活有诗和远方。我和我妹妹深受这教育。谁要觉得你眼前这点儿苟且就是你的人生，那你这一生就完了。生活就是适合远方，能走多远走多远；走不远，一分钱没有，那么就读诗，诗就是你坐在这，它就是远方。越是年长，越能体会我妈的话。"

这篇文章看得我热血沸腾，当时就工整地誊抄下来，想和同事们分享这么好的一个故事，可是大家没空理我。于是我想了个办法，在我们单位那一层楼的女厕所的每一个门上，用绳子拴了铁夹子，夹在上面，让每一个如厕的朋友们抬头可见。她们不看也得看，因为那个位置就在你眼前，一挂一个星期。我还在绳子上拴了支圆珠笔，以便她们写下感想。这样的厕所文化，我坚持了一年，每周一更新，女厕所的三个单间，全部变为我的文化广角。当然，字也是那个时候练的，每周静下心来誊抄几千字的文章，毕恭毕敬，一边抄，一边记在脑子里。之后别的楼层的老师来办事，偶然在女厕所看到这样的文章，惊奇地问是谁干的。所有熟悉我的同事都知道是我，所以，她问我能不能把所有文章的电子稿给她发过去。我对男同事们说，我能力有限，男厕所我实在无能为力，你们只能继续玩儿着手机上厕所了。实在不行，就把女厕所过期的文章拿给你们挂上。

所以，熟悉我的朋友们看到我的辞职信，并没有太多的惊奇，他们见识过我做过的很多有趣的事情，早就见怪不怪了。

平静的
生活

　　每天上班、下班，这样规律的生活，一过就是十一年。刚工作的时候，我认定自己不会一辈子待在那一个地方，因为看着那些兢兢业业的老教师，拖儿带女地来上班，把孩子放在办公室里或者教室外面，自己在班级里上课、教育学生，我就在想，这样的日子，我不要。那时想要离开教师这个行业，是不希望自己将来变成那些老教师的模样，白发苍苍，捧着证书站在退休的领奖台上。可是，当了几年老师，我越发喜欢这个职业，开始全身心地投入，享受和学生在一起的时光。我慢慢理解那些老师，他们一辈子只做了一件事，就是教授学生知识，虽然日复一日，年复一年，但是甘之如饴。我也坚定了信念，一定要做一个好老师，向那些前辈学习。但是，人生，应该有更饱满的体验，不是吗？那十一年，我用尽所有力气去学习专业知识，给学生们带来有趣的课程，看到他们的成长和变化，一届又一届的学生升入大学、投入工作，偶尔，他们还会来学校看我，送给我书，和我谈谈他们现在的生活。教师这个职业的人生体验，已经如此丰富，暗藏在我内心的那个念头，再次涌起，撩拨着我内心最柔软的地方。这时想告别教师职业，不是惧怕，而是对生活还有更多的梦想和期许，我想，人生应该还可以有别的路，让我看到更多的风景。

大理
初识

　　真正下定决心开始新的生活，还要从那个寒假的旅行说起，如果没有那次说走就走的旅行，我可能也会辞职，也会去选择另外一条道路体验人生，但是，也许是多年之后。

　　我曾经多次和好奇我们爱情故事的人们提及那个洱海畔的冬日午后。

　　2015 年春节，家人都去了温暖的三亚过年，我却独自一人选择了再次去云南旅行。不知道为什么，我不喜欢大城市，所以，即使家人都去了海南，我还是坚持自己的选择，独立旅行。我在大理双廊的某家客栈短暂停留，选择当义工，感受不同生活。那是春节过后的某个午后，阳光很好，客栈的人不多，游客们大多都在各个景点游览。我像往常一样，坐在靠近门口的沙发上看洱海，发呆，手机里播放着李宗盛的《山丘》，那是一个历经沧桑的男人低沉的嗓音，讲述着自己大半生关于爱情的理解。旁边，是客栈老板娘的狗，一只黑色的狗，却是双廊最棒的狗，跟着老板娘去过很多地方旅行，见过大世面。我俩就那样"并肩"坐着，每天眺望洱海，它不叫，我也不说话。这时，一个高大的身影从旁边的门走进来，挽着发髻，特立独行。就是这样一个身影，自那日走进我的世界，便再也没有离开。他，就是于夫。

于夫和刚结识的当地一个卖手鼓的朋友点了卡布奇诺，坐在另一个角落聊天。我起身去吧台学习如何做咖啡，那是我这辈子第一次用专业的机器做咖啡，没想到，就是做给于夫的。我把手机随手揣在口袋里，音乐从我身上缓缓流淌。把咖啡端给他们时，于夫忽然停下来，抬起头，用低沉的、充满磁性的、浓重的东北口音对我说："这歌儿好听，能声音大点儿吗？"我抬头望向他，他微笑着对我点了点头。我淡淡地回答："这是手机放的，只能这么大，我去用电脑给你放。"转身去电脑里搜索歌曲时，一个念头闪过脑海："应该只有这样声音的男人才能理解这样的歌曲吧！"于是，那个下午，那首歌不断重复重复，他和朋友聊了很久才离开，我们，就像王菲歌里唱的："你在我旁边，只打了个照面。"我特别喜欢于夫的声音，那是一种极具穿透力的声音，即使在嘈杂的闹市，只要他低声说话，隔得多远，我都能听到。我对这样充满磁性的声音没有免疫力，我一直开玩笑地说，他的声音像是"喝了硫酸"，但是，又不是矫揉造作，是一种自然的、不刻意的声音，一直，传到我的心里。

和于夫相识前，我刚和在大理认识的朋友骑电动车环游洱海，去了周城、喜州。由于低估了大理冬季的太阳，高估了自己的脸皮，在没戴帽子、没涂防晒霜的情况下，一玩就是一整天。路上，冻得哆哆嗦嗦，我还是把唯一的围巾借给朋友戴，然后，两个人，沿着洱海西路骑行到傍晚。第二天，我的脸就开始变红、脱皮，一层一层，生疼，只能用清水洗脸，碰都碰不得，断断续续蜕了好几层皮。后来，红色的脸颊变成不均匀的褐色，只能每天用酸奶敷脸止疼。我那时穿的是在大理古城买的宽大的男士棉袍，中式盘扣，藏蓝色，一直盖到膝盖，赤脚穿着在双廊买的男士千层底黑布鞋。现在想想，我那时的形象真的是糟糕透了，可是后来于夫回忆说："就是那时看到你那样子，心里想着，这个姑娘这么本真，毫不修饰，真好。"我不知道为什么当初会选择买那样的衣服鞋子，现在，这些衣服都穿在于夫的身上，非常合身，他穿上，对我微笑。我想，这就是注定的。

然后，他不断地来客栈，有时，是和一大群朋友来吃饭；有时，只是一个人点一杯咖啡或茶，捧着一本书，静静地坐一个下午。我依然在客栈当义工，点菜、擦桌子、端菜、续茶，做着各种工作。很多次我经过他的身边，但是，没有说过几句话。看到他在看一本关于三毛的书，我放下咖啡转身时猜想："这样外表桀骜不驯的男子，看如此柔软细腻的书，应该是故作姿态，装装样子给小女生看的。"在云南那样的地方，特立独行的人太多，再奇怪的服饰都不再奇怪，可是，我觉得，于夫的那种打扮和故作深沉，都是等艳遇的标配。但是，这次，我猜错了，于夫不是我想象的那种人。他喜欢有历史感有故事的事物，那个客栈，是双廊唯一有三百年历史的老宅子，曾经是某个翰林的旧宅，现在院子里还挂着当年的牌匾。有时他会起身，在院子里的书架上翻阅书籍；有时会把手放在破旧的墙壁上，闭上眼睛进行跨越时空的对话；有时，他会望向窗外，眺望不远处那闪着光芒的洱海。我们依旧没有过多的话语，彼此沉默着，都没有想到，将来，会属于我们两个。

客栈老板是四川人，于夫在成都开了三年半的美发店。偶尔听到他们的谈话，从只字片语中，听到一点点关于他的事情。他是过年前一个人来到大理双廊的，避开旅行高峰期，已经去了不少地方，现在就在双廊等待节后人们离去，然后继续旅行。

于夫最后一次来店里，离开时，经过我身边，我依然和那条黑狗在眺望洱海。于夫随口说了句："我们加个微信吧。"于是，交换了联系方式，他去了丽江，我继续留在双廊。

现在，我偶然会想：如果当初，我们都没有选择去云南，都没有去大理，我没有选择在那个客栈做义工，他没有走进来喝咖啡，我没有在听那首李宗盛的《山丘》，他没有对我讲话，没有对我微笑，没有留下联系方式，也许，就不会有今天。太多的假设，但凡有一个发生了，那么，彼此就会错过。还好，我们遇到了，一切都发生了，这是我们至今感恩的事情。

我不喜欢人们一听到我们相识于大理，眼睛就发出的奇怪的光彩。彩云之南，已经被一些人定义为艳遇的胜地。可是我和于夫，只是邂逅，那时的我们，谁也没有料到，终将走到一起。

有记者问于夫："那时，你们是否已经互相有了好感？是不是一见钟情？"记者们期待的答案，似乎不言自明，他们渴望听到的是肯定的答案，希望我们能够一见钟情，所有的恋情都在初识的那一刻，一触即发，那样，似乎才符合浪漫的爱情故事，顺遂读者的心意。于夫听了，笑了，认真地说："没有，我们不是一见钟情的那种。"他说这话的时候，我就静静地坐在他的身边，他诚实的回答，我没有一丝生气，因为我知道，他从不撒谎，这，才是我喜欢他的地方，我只是托着脑袋看着他笑。

一首歌，一本书，一杯咖啡，我们就这样相识了。之后，我们的爱情才慢慢开始。

决定
辞职

　　云南的旅行结束后，我们回到了各自的城市，我回到郑州，他回到成都。我依然在做一名敬业的心理教师，他依然在打理他的美发店生意。慢慢地，我们通过微信聊天，看彼此发过的朋友圈，偶尔会打个电话闲聊几句。我们忽然惊讶地发现，原来世界上真的还有一个和自己拥有同样想法和生活态度的人：不喜欢繁华的都市，向往简单生活，十年间一直想开一家属于自己的小小的客栈，日出而作，日落而息，看书喝茶弹琴，忙时亲力亲为，闲时继续行走。

　　我喜欢旅行，旅行的途中，我遇到过很多有趣的人。我曾在遇到于夫前，遇到过一个大学生，他叫欧阳。欧阳上了两年大学，忽然发现，自己在大学里并没有找到自己想要的人生。宿舍里六个人，五个在打游戏。欧阳说，只有我一个人不玩儿游戏，不打，我一个人太无聊，不合群；打，我就废了。所以，他决定休学一年，背上背包，整个中国旅行。和欧阳一起来客栈看我的，还有我在大理遇到的好朋友小戍。那个东北姑娘，辫了一头的脏辫儿，有着黝黑的皮肤、厚厚的嘴唇和灿烂的笑容。小戎是学设计的，也是大学生，刚上了一年大学，也在寒假一个人跑出来旅行。小戎和欧阳在大理偶然相识，然后一起骑着租来的电动车，骑到双廊来看我。他们来的时候，是春节，双廊的房价暴涨，平时就不便宜的房费，那时更是天价。小戎说，我们想看看海景房是什么样，然后，对着我哈哈地笑。小戎和欧阳真的找到了一间六百块钱的海景房，他们开心地在阳台上晒着太阳，然后，看经过的船只停下来，一个人说，这个房子，是杨丽萍的老宅子。小戎说，那个时候，我才知道这个房子原来这么牛，我就张开脚指头，让每一个脚趾也好好开心地晒太阳。他们两个，可以在开心的时候花六百块钱住一晚海景房，享受那个当下，也可以在没钱的时候，住在自己带的帐篷里，啃着馒头喝凉水。后来，我们分开了，好长一段时间，欧阳都失去了联系。后来，看到他在朋友圈里说，他在广州，睡觉的时候帐篷被人划破，钱包和手机都被盗了，只能停在那里，打工，攒钱，继续行走。现在，欧阳依然在路上，从未停止过。遇见他们时，我就在想：这些孩子们怎么想明白得这么早？在大学的时候就能够静下来思考，自己到底要什么。有时候循规蹈矩、顺理成章地生活，看起来一帆风顺，但是，可能越走越迷茫，最终，找不到自己。有时候，停下来，是为了更好地出发。那时候我就在想，我也是时候思考一下，自己究竟要什么样的人生了。

回到郑州后，在快要结束那个学期课程前，我忽然有个念头：我想辞去工作，尝试着开始新的生活，鼓足勇气改变，因为，我遇到了于夫，也许这个东北男人，是可以和我一起实现梦想的那个人。我愿意尝试，不怕失败，毕竟，能遇到这样的人，我没有理由不勇敢。如果可以，我们也许可以成为亲密的恋人，但即使不成功，至少可以作为朋友结伴同行，实现共同的理想，那个在内心深处无数次无数次期盼的理想生活。我跟于夫讲了想辞职的事情，他沉默了片刻，然后告诉我，要慎重。在他心中，一个女人能拥有这样稳定、体面、待遇还不错的工作，舍弃不是一件容易的事情。作为省重点中学的教师，有很多优待，漫长的假期，较高的社会地位，工资待遇还算不错，重要的是，我将来的子女可以从幼儿园一路直升到高中，省去了买学区房的麻烦。但是，明确了自己想要的，决定并不那么难，想了三天，我打电话告诉他："我想好了，从小到大我从未对做过的任何决定后悔过。"他听了，只说了一句："那好，我在成都等你。"

辞职
始末

　　想好了就行动，我从不是犹豫不决的人。果断，勇敢，不害怕失败，愿意尝试。

　　后来很多人在网上评论说，我太不负责任，放下工作，说走就走，如果都学我，那学校教育怎么办？我想解释一下，我一个学期的课程只有5个班级的20节《心理健康课》，而且集中在一个月上完，我是极其负责任地结束了那个学期所有的课程，才递交的辞职信。至今，我仍能清楚地记得我的最后一节课，那是2015年4月10日，是个星期五，那天我讲的课的主题是"写给未来的信"，面对一群初一年级的孩子，我让他们想象着，给两年后的自己写一封信。两年后，他们即将面临中招考试，变得成熟，会有什么想对未来的自己讲的？那个时候，他们会有升学的压力，情绪不安，人际交往出现问题，也许这样跨越时空的对话会对他们有所帮助。这样的活动让孩子们眼睛放出兴奋的光芒，他们认真地写信，小心翼翼地折叠起来，写上名字，然后，我一起封存在一个档案袋里。我告诉他们，两年后，这封信会送还到他们手里。一个女孩儿兴奋地说："老师，真的会还给我们吗？"我说当然，每年我们都是这么做的。如果两年后的这个时候，还没有人来给他们送信，班长就要记得去找别的心理老师要。一个孩子挑着眉毛说："你干吗不能记得给我们送信呢？"我说，因为我就要辞职了，我不干了，我要去做点儿我喜欢的事儿。孩子们瞪大了眼睛，七嘴八舌地问："老师，你要去哪儿？去干吗？"我说："我也不知道要去哪儿，去干吗，也许走在路上，我就知道答案了。反正是一个跟老师没有任何关系的事儿。你们是我教的最后一个班，这是最后一节课，我就要辞职开始一种新的生活了。"我无意把辞职的消息告诉学生们，只是他们问到了，我就那么自然地回答了。然后，我喊了"下课！"，声音有些哽咽。

站在讲台十一年，无数次地喊："上课！""下课！"可是这次，我的眼泪已经在眼眶里打转。也许今后，再也没有人称呼我"顾老师"，我也没有机会站在讲台上，和学生们探讨问题，看不到他们眼中闪烁的光芒。所有孩子站起身来，对我深深鞠躬。我强忍住眼泪，同样恭恭敬敬地鞠躬还礼。然后，出乎我的意料，所有孩子热烈鼓掌。强忍了许久的泪水，终于夺眶而出。我想，此生我都不会忘记那一刻，不会忘记那一群真挚的孩子发自内心的鼓励。他们的班主任就站在教室外面，等着我结束课程，进来布置作业。忽然听到雷鸣般的掌声，班主任推门进来，问："怎么了？怎么就鼓掌了呢？"孩子们调皮地对她说："她不干了，要辞职了！"那个班主任推了推眼镜，惊奇地看着我说："真的吗小顾？"我说是的，我要辞职了。

抱着教案走出教室，门口是一棵大树。十一年，我曾经无数次从这棵树下走过，可是却从未留意过它。那天，我却停下来，在树下站了好久。4月份，草长莺飞，树木高大挺拔。我站在树下，抬头望着树冠，翠绿树叶闪着光芒，阳光从树叶间隙洒下来，照在我的身上。我闭上眼睛，从未感到如此自由，那是一种由内而外的轻松感觉，血液里流淌着、毛孔中散发出来。我想，生活有那么多种可能，我终于可以开始新的尝试了。我在心里对自己说："我终于自由了，从现在开始，我可以想去哪儿去哪儿，想干嘛干嘛，想爱谁爱谁了！这种自由的感觉真好！"

4月13日，我把家里几乎所有的东西都收拾好，开车到单位，打算送给我的同事们。以往买了太多的衣服，虽然大多来自网络某宝，不值什么钱，但是两个大大的衣柜都放满了，还有好几个收纳箱。我把衣服拿到办公室，告诉同事们，大家自己挑吧，然后，给我凑一张去成都的八百块钱的机票就好。听说我要辞职的消息，已经有别的部门的同事在办公室等我。那位女老师和我同科室一年，不是属于特别熟稔的那种，可是她已经眼圈红红。我看气氛沉重，就半开玩笑地说："要不我躺下吧，摆好鲜花，你们再对着我哭着说。"她听了，破涕为笑。我不喜欢沉重，生活中，即使面对再困难的时刻，也会及时调整情绪，努力让自己明媚起来。所以，朋友们喜欢和我在一起，无论男女，都能成为好朋友。

同事们开始挑选衣服，我坐在自己的办公桌前，开始写辞职信。

那是一张老旧的办公桌，自我参加工作起就陪伴着我。后来，别的同事都换了新的桌椅，我舍不得换掉，虽然抽屉上的锁都坏了，桌面破旧，但是仍然坚持用了十一年。我提起笔，本打算写"不干了，去旅行"，可是转念一想，那样的话，听起来似乎有些抱怨的色彩，似乎是对过去生活的不满。可是我确实是平心静气地离开，特别开心地，带着对新生活的期许。单位没有亏待我，之所以选择离开，只是为了尝试一种新的生活方式。于是，没多想，就写下"世界那么大，我想去看看"那十个字。我从未想过写一篇传统的辞职信，感谢所有人，绕了一大圈，最后才婉转地表达要离开。我不是喜欢绕弯子的人，直来直去是我的个性，我想，这十个字可以真实地表达我那一刻的所有情感。后来，网友们说，你怎么连简单的客套话都没有，至少应该感谢一下培养自己多年的单位和帮助过自己的同事。我想，没必要，认识了那么多年，我们早已像亲人一般，那些感谢，放在心里就好，没必要一定要说出来，他们都知道的。

拿着简单得不能再简单的辞职信，我走到门口，对着正在试衣服的同事说，我就这么去交了。一个同事瞪大眼睛，说，先别走，让我拍一张照片。于是她拍了，带着我的上半身，模糊不清。我拿着辞职信去了主任室，恰巧副主任也在。她们看到我的辞职信，并没有太多惊讶，只是认真地问我："想好了吗？"我笃定地点头。那是已经决定的事情，不可能改变，她们了解我，知道我的性格，不再规劝，只是说，今后无论在哪里遇到困难，记得她们还在。心里满是感动。十一年，每天朝夕相处，在一起的时间，甚至比和家人还多,即使分开,也会衷心祝福。主任沉思了许久,写下一行字——尊重顾老师决定。然后她抬头对我说,要等到16号副校长出差回来了才能继续签字办理辞职手续。我说,我已经订了16号的机票离开,等不及,那就让同事帮我办吧,如果单位害怕不是我本人意愿,可以视频,如今这么高科技了,没必要一定要我亲自去办。我的辞职,是对单位的告知,不是请示,批不批准,我都是要走的。

后来,新闻里用大大的标题写道,我"任性"辞职,校长也"任性"批准,其实是有偏差的。首先,我的辞职是经过深思熟虑的,并不是草率为之;其次,主任也是慎重的,她没有按照普通的那种模式批上"同意",而且,校领导还没看到我的辞职信,我已经离开了。

回到办公室,打电话告诉姐姐我辞职的消息,电话那头,没有太多的惊讶,只是问我辞职信怎么写的。我说已经交上去了,于是提笔,又写了一封,拍照,发在朋友圈留念。

告诉妈妈这个消息,她也挺淡然,只是问我,要去哪里。这,就是我家人的风格,独立,自由,彼此尊重。

感谢
冯唐

　　我从未料到随手写的那十字辞职信会引起那样的关注，4 月 13 日递交了辞职信，中午，同事们请我吃了顿饭。同事们说，你先别走，让我们轮流请你吃完饭再走。我说来不及了，吃一顿就行了，留着钱好好生活吧。我告别相处了多年如同兄弟姐妹的同事们，回家继续收拾东西。

　　13 日下午大概两点开始，就不停地有全国各地各类媒体的人打电话给我，原本希望好好睡个午觉的我，有点儿意外，意外那些北京、广州、四川的记者是如何知道我要辞职的消息的。刚开始，我只是礼貌地接电话，然后什么也不说，也没什么可说，让他们不要写。翻看朋友圈，才发现，我的辞职信已经被朋友们转发，但是他们不是觉得惊奇或者刺激，更多的是对我的不舍和祝福。整个下午，电话不断。第二天，河南某网络媒体将此事件推送到微信公众平台，我还和朋友开玩笑说："我这个独特的名字，估计三分之一的郑州人都知道我辞职的事情了。"听说那个网络媒体也因此火了一把。

谁知道第三天一睁眼睛，我就收到了许多朋友转发过来的链接，才发现自己变成了各大新闻媒体的头条。有人打趣说，你真棒，干得漂亮，汪峰努力了那么久都没成功的事情，你轻轻松松十个字就搞定了。后来听说，是因为冯唐在微博上转发了我的辞职信，也用了短短几个字评价"经眼，超简诗"，然后才被疯传。冯唐还是很讲究的，发图时，遮盖住了我信纸上的单位抬头，隐去了我的名字。然后，接到更多的电话，我依然保持沉默，不愿多讲。记得谢绝了一个记者的采访，他在电话里马上变了口气，挑衅地说："那辞职信息是你写的吧？"我只能按捺住内心的火，还要客气地说："对不起，恕我无礼，要挂电话了。"说实话，我有点儿烦躁，有点儿慌张，我不再是爱出风头的小女生，不希望被关注，也没觉得自己做了一件多了不起的事情。平时了解我的朋友们都知道，我做过的比这件事棒得多的奇怪的事情太多了，我就是这样一个简单纯粹、想到什么就做什么、想说什么就要说出来的人。如果是十年前，我25岁，也许，年轻的我会兴奋不已，自己站出来，成为公众人物接受采访。而如今，我35岁，无意成为焦点，只期盼一种平静生活。我告诉很多想要采访我的记者，说："其实没有什么特别的，你现在提起笔，写下十个字，也跟我一样了。"

临行前一晚，我收拾完东西给于夫打电话，他听出电话那头我的不安，没有劝慰我，甚至没有提及这件事的任何一个字，他问我怎么了？我有点儿焦急地说："你不知道现在是个什么情况吗？也许我明晚出现在成都机场，就会当场被活捉，他们不知从哪里听说了我要去四川，已经猜到一定会是去成都。"他听了，只是淡淡地说："那你想好了再来吧，别人说什么不重要。如果没想好，就把机票退了，不要来了。"在那个时候，全世界似乎都在关注我，寻找我，想看看能写出这样简单却有力量话语的女子是怎样一个人。我以前的同学，国内国外，失去联系那么久，都会想尽办法找到我的联系方式，然后和我聊一聊，夸赞我的勇气。辞职事件，帮我找到了许多失散多年散落在世界各地的同学朋友。可是，唯有于夫，从始至终没有提起关于那个辞职信事件的任何一个新闻任何一个字，他还是那样默默的，淡淡的，不悲不喜。如果他有一点点心机，完全可以抓住我，这个即将奔赴他那个城市的网络红人，然后，因此获得关注或利益。那时候，向我发出邀请的实在太多了，有人愿意免费资助我环游世界，我拒绝了；有网络游戏给我年薪百万代言，我拒绝了；甚至有一个岛国总理向我发出邀请，让我去那个岛国看一看，商谈一下如何促进那个国家的旅游事业，我更是想都没想就拒绝了。我似乎一夜之间从灰姑娘变成了公主，拥有一盏阿拉丁神灯，只要我愿意，轻轻擦拭，所有的愿望都可以瞬间实现。只有于夫，他让我冷静思考，到底要什么、不要什么，究竟要不要和他一起尝试改变，过我们梦寐以求的生活。于是，我更加笃定，笃定地认为，就是这样的男子，我要去尝试和他谈恋爱，尝试生活的另一种可能性。

于是我在电话这头笃定地对他说："我想好了，你等着我，明晚机场见，你请我吃火锅。"

貳

于夫的顾事

至今，仍有很多人对于夫好奇，好奇这个高大威猛、挽着发髻留着胡须、一口浓重的东北口音、手臂满是文身的家伙，究竟是什么样的人。在这个温暖的午后，阳光滑过树叶照在院子里，耳畔流淌着古筝曲，我，冲了一杯咖啡，在远归，给你们讲讲关于这个东北男人的故事。

我来和你
谈恋爱

　　拎着一个行李箱，我告别了生活了将近三十五年的城市，孤身一人，直奔成都。妈妈和姐姐把我送到机场，愉快地告别，离别并没有悲伤，这就是我的家人，尊重每一个人的生活意愿。我没有告诉她们于夫的事情，因为一切不笃定，说了，也许会多了牵挂。

　　我和于夫开玩笑地说："你在机场接我，要准备好鲜花，打个条幅，热烈欢迎。"于夫只是淡淡地说，我不会准备那些，只会给你一个拥抱。

　　于夫在机场等我，见面，什么也没说，给我一个大大的拥抱，然后，带我直奔火锅店。第一次吃正宗的四川火锅，完全不同于在河南吃过的加入了本土色彩的火锅。满眼红色的锅底翻滚着，新鲜的食材下锅，捞起，配上香油蒜泥蘸料，味道十足。其实我平时从不吃蒜，如果世界上有一个宗教是不吃葱蒜的，那我一定加入。但是，四川的火锅蘸料，都是香油蒜泥，看着，我面露难色，可是环顾四周，又看不到别的蘸料，只能捏着鼻子吃。吃了几口，反而觉得还不错。于夫不善言辞，沉默着，席间，只是不断给我夹菜，让我多吃些，别的，什么也没说。第一顿饭，就这样安静地吃着。

我想象的爱情，至少应该聊一聊天，谈谈以后，规划一下美好的未来吧？可是他什么也没说，这让我有点儿失望。

回到他的住所，放下行李，他对我淡淡地说："那个房间是给你的，收拾好了，你去睡吧。"然后，转身去客厅的沙发坐下，在速写本上，用蘸了碳素墨水的毛笔写字。那是我第一次看到他写字，以前在微信里聊天，他曾发给我一些毛笔字，说是他写的，我还不信。那时，我们还不够了解，从外表看，根本看不出他会书法。如今这样快节奏的时代，能提笔写字的人少之又少，更何况是练习书法。于夫的书法，没有临过什么名人的帖，只是自己练习，反倒自成一体。那个沙发原本就很小，又摆了好多他写过字的素描本，他坐下，根本就没有我的空间了。

于是我转身回去睡觉，他依然沉默着，在客厅里安静地写字。

回火星
去吧

　　到成都的第二天，起床后，于夫说，市区里的那些景点就不要去了，什么宽窄巷子啊，锦里啊，人太多，没意思。我带你去黄龙溪古镇。

　　我在想，即使没意思，我也至少应该去看看吧，然后，好与不好，应该有我自己的评价。但是他没容我说话，开车就走。

　　开车前往的路上，手机屏幕不断闪烁，虽然关了静音，可是仍能看到不停有记者打来电话，希望采访。我偶尔接听，说了感谢关注的话，然后，挂掉。于夫有些不开心，问我为什么不关机或者换一张电话卡？我也挺执拗，说，我还要用手机拍照，而且，这个号码用了那么多年，还有好多话费，我又没做什么伤天害理的事情，没影响到任何人，为什么要因为他们改变我自己？

　　就这样，两个人保持着沉默，手机依然在不断闪烁。

到了黄龙溪，一个挺好的古镇，商业气息很浓，但是景色还不错。于夫把我带到一个路口，指了指水边的一个茶室说，这里我几乎每周都来，我就在这里看书喝茶，你自己去逛吧。

我也属于那种心特别大的人，没看出他的不高兴，自己屁颠屁颠地逛街去了。两个小时，吃吃喝喝，玩儿得特别开心。逛完回来找他，他在那里捧着书看，不和我说话，我就在旁边喝茶，看书。

晚饭时，于夫终于忍不住了，说，你明天先去丽江吧，我结束了美发店的事情，就过去。我说，为什么不一起走？我辞职了，又没有要紧事，有的是时间，可以等。他有点儿生气地说，你先去丽江等我。我也属于特别倔强的那种人，我说，我有脑子，做什么不做什么，去哪儿不去哪儿，都应该知道原因。他不说话，我知道，他不喜欢我被记者这样关注，他期盼平静生活。到那时为止，他还是没有提及辞职信走红网络的任何一句话、一个字，我也闭口不谈。我觉得，他应该来自火星，就像电影里说的那样："地球太危险，还是早点儿回去的好。"

漂泊在重庆的日子

当天晚上回到于夫的住所，我就偷偷在网上买了去重庆的车票，然后决定离开他，去探望朋友。

第三天中午，他起床，我说，我要去重庆，已经买好了车票，你要是有时间就把我送到车站，如果没空，我就自己打车走。他不说话，蹲在地上系鞋带儿。我就站在他身后，看不到他当时的表情，只是觉得他系得特别特别慢。于夫说，快到时间了，去车站也来不及了。我说，没关系的，来不及就改签，实在不行就先不去了。

忽然，他停下来，站起身，回头对我说："那就不去了嘛！"那是他能说出的最柔软的话了，涨红了脸。我想了想这两天我们两人的相处，说："还是去车站试试吧。"

他开车把我送到车站，距离开车时间已经很近了。分别时，他把行李箱递给我，只是说，等你想好了，再回来。我拎着行李头也不回地走了，认定自己不会回头，我要的是简简单单地谈恋爱，不是这样的沉默，这样的怪人，我实在是一秒钟都不想待在他身边了。穿着旗袍，脚蹬着高跟鞋，我撒腿就跑，急急忙忙取了车票，刚通过安检，就听到广播里说，那趟火车停止检票了。于是，我又去改签，改到晚上九点多，到达重庆也要十一点了。我选择了和别人拼车去重庆，因为那一刻，我实在是不想再待在成都了。

谈谈是我的好朋友也是前同事，早在2008年就辞职，回了家乡，我决定去找他，顺便逛逛重庆。

谈谈是重庆人，当年毕业于西南师大，和我们科室的焕云一起签了合同，俩人因此结识，还一起吃饭看了场电影。

刚到单位时，新老师都被分配到教师宿舍，四个人一间，上下铺。谈谈恰巧分到了我们科室李杰和杨骏的房间。当时房间没人，等他们二位回来了，只见杨俊的床上四仰八叉地躺着个人，盖着他的被子，睡得正香。

那个人，就是谈谈。

谈谈大学毕业了，就把东西全部丢掉，背着一个背包，只身来了郑州。后来他要买床上用品，就问焕云。焕云也是新来的，对郑州不熟，一竿子就把谈谈支到了大商场，一千块钱，只买了床被子。

谈谈人很随和，很快，我就在串寝室的时候认识了他。于是，一屋子人，大聊特聊。说到什么，他都会捏着嗓子说，等我长大了，我也一定要学你们。一群人唾弃他。

谈谈以前在大学时，曾经在酒吧当过驻唱歌手。于是，他请我这个本地人，介绍他到相熟的酒吧。我特爱帮助人，一口答应。一天下班，我们就直奔酒吧，从 7 点等到 12 点。其实，那个酒吧我也只是跟姐姐和朋友们去过几次，觉得那里的歌手还是有些水准的，跟老板并不熟。我出面和老板商谈，老板考虑了一下，说，等我们的歌手全部唱完，再让你朋友试唱一下吧。

我就点了啤酒、瓜子，和他一起等。百无聊赖，谈谈说，老顾，你试过在酒吧吃泡面吗？我说没有。他极其认真地说，我也没有，但是打算今天试试，因为我饿了。于是，他出门买了泡面，让服务员帮忙拿了热水，就那么明目张胆地泡了一大碗，旁若无人地吸溜起来。我在旁边直咂嘴，为了形象，坚决不吃。

那天，等到很晚很晚，谈谈终于可以试唱了。他唱了一首张惠妹的《听海》。以前，在宿舍，他曾经多次清唱给我们听，改变了我们对他往日嘻嘻哈哈的看法，坚持认为他是歌神。可是那晚，他发挥失常，不知是不是因为吃了那碗泡面，听得我都难以忍受。结果，当然是收拾东西走人。

回去的路上，谈谈面带愧疚地说，老顾，我没唱好，还让你请我喝酒，陪到这么晚。我说没事儿，也算是开了眼，第一次看到有人在酒吧吃泡面。

一次，我不小心扭到了膝盖，要去医院拍片子。找了一圈朋友，大家都有事，我就想到了谈谈，他一口答应。中午，我在教学楼下等他，他不知向谁借了一辆电动车，一路曲线地冲我就过来了。五十米，他骑了一头汗，热情地说，上来吧，我带着你。我二话不说坐上车，轻轻把伤腿放上去。好了，出发。只见电动车在一阵剧烈的晃动中开始移动，我赶紧抓住车后面的扶手。车子嗷嗷叫地驶出了单位，我也做好了嗷嗷叫的准备。第一个路口就是红灯，这哥哥视而不见。我使劲儿拍他肩膀，停停！只差几厘米就撞上一辆汽车的尾巴。我赶紧跳车，下来时还被他的腿别了一下。他一脸愧疚，"对不起对不起"一直说个不停。然后没多久，又别了一下，他再次道歉。我说没关系啊没关系，反正是要去看病的，顶多病情加重一点儿，挂一个号可以看完。还好你别的是我的腿，要是弄个内伤，还得再挂个内科。

就这样两个人两头汗地到了医院。

急诊室里生意不错。一个老人躺在病床上接受检查，听说是鼻子歪了。还有比我更野的，连脸都敢毁。

一个年轻的实习生接过我的挂号单，问我，脚怎么了？我说，是膝盖。他马上装出一副老道的样子，看了两眼说，那拍张片子吧。

我说不用拍，我昨天已经在别的医院看过了，说拍片子看不出来。

他白我一眼，又说，那你说拍不拍？

我马上火了，恶狠狠地说，我花4块5挂号让你看病，你问我拍不拍？

可能声音太大了，旁边忙着写处方的女医生马上抬头对我说，稍等一下我帮你看。估计她听出来了，我不省油。

……

看完出来的路上一样惊险，险象环生。我忽然想起来，这哥哥是重庆人士，那儿的人都不会骑车的。记得听同事讲过，上次他借了辆自行车出去了一下，回来恼怒地说，妈的，骑车比走路还累！当时听完就笑得前仰后合。问他，他说，今天是第一次骑车带人。我人还真好啊，竟然大胆起用他。

快到单位的时候，谈谈忽然说，停一下。我下车。只见前方不远处一个老头儿，晃晃悠悠一步一步地往前挪着走，平均速度 10 米／分钟。我大怒："你究竟想怎样啊？想影射我和他一样的走路姿势吗？？"然后回头看着他疑惑的、委屈的眼神，他说，没有，我只是想把上衣拉链拉上，太冷了。

谈谈辞职的时候，是 2008 年 6 月底。结束了一学年的工作，他还是决定回到重庆家乡，实在不适应郑州的生活。我得知这个消息时，是在开全校教职工大会时，听旁边的朋友说他要走了，我的眼泪就流下来了。然后，我看到人群中的他，拿着一堆文件，追着各个科室的主管领导签字，我就知道，他真的要走了。

我约他吃饭，为他送行，还有一个他们科室的我的好兄弟楚贺。三个人在街边吃了地摊儿，然后去酒吧唱歌。那天，喝了好多酒，聊了好多往事，唱了好多歌。那天，谈谈唱得极好，仿佛又回到了在宿舍里给我们一群人清唱的时候。喜欢谈谈的嗓音，清澈如水，有点儿林志炫的意思，却很有自己的风格。最后，据楚贺同志回忆，大家都喝多了酒，唱了太多的歌，谈谈面无表情地靠在沙发上，眼神空洞，望着天花板，我就在旁边哇哇大哭。

谈谈回到重庆以后，尝试着给一些人作曲。有一次，他从网上发给我一首曲子，我听了，说，什么玩意儿。他说，这是他给某个银行写的。他也认为，什么玩意儿。

再后来，谈谈考上了警察，在警察队伍里吹圆号，这件事情很令我们惊讶。自那时开始，我们就再也没有联系过。

这次辞职，来到成都，想着重庆那么近，就去投奔他。他听说我要来，专门借了朋友的车，带我吃喝玩乐。他买了房子，在沙坪坝，一个很好很大的社区。后来我白天不敢轻易独自出门的一个原因，就是害怕找不到回去的路。院子里满是绿植，比我们郑州的楼盘更注重绿化，满是花草和流水。

谈谈给我准备好了客房，房间里打扫得一尘不染，到处摆放整齐。我真的汗颜，一个男人，比我收拾得还规矩，所以每天起床，我就把房门关得紧紧的，以免我那凌乱的房间和他的形成鲜明的对比。我决定为他做点儿家务，展一下我的风采。于是，早起，打算煮粥，然后叫他起床吃。那时，他已经胃出血，什么都不能吃，而我觉得，粥，还是简单的，可以操作的。我在整洁的厨房里找了半天，才找到一个锅，等我淘好米放进去，盖上盖子，才发现似乎是个高压锅。已经来不及了，索性盖上，开煮。不到十分钟，就只听得厨房里噼里啪啦，锅里一通乱响。我吓坏了，跑去敲谈谈的门，谈谈吓得光着脚跑出来关了电源，一脸迷茫却极其认真地对我说："老顾，我不吃早饭，谢谢，你不用麻烦。我的房子是贷款买的，我不想还没还完贷款，就被你炸了。以后，你好好歇着，什么都不要动，我就万分感谢你了。"

从此以后，我很听话，什么都不动，在他家窝着，等他下班回来接我出去吃饭，或者给我做饭。他手上还贴着下午打点滴的胶布，回到家，就开始给我烤饼干。他可以非常娴熟地称量那些我叫不上名字的配料，然后搅和在一起，放进烤箱。烤好饼干，他装在小盒子里，说，老顾，你留着白天饿的时候吃，千万别饿死在我家。

有时候晚上无聊，我俩就聊天，东扯西扯，天南海北。他给我听他录制的歌曲，清澈婉转。他唱粤语歌极好，尤其是张国荣的，我劝他去参加个比赛什么的，他只是笑，说，一把年纪了，还是安心吹圆号吧。我说，那我明天去你单位看你排练吧，他说算了，你现在正在逃亡，别被发现。

就这样，我在他家待了二十多天，直到杭州开始小百花越剧团的演出，我才离开。他从未赶过我，一点儿也不烦，每天该上班上班，下班了就给我做饭，或者带我出去吃。

在谈谈家的那些日子，起初，于夫还会联系我，给我打电话，从他的声音中可以听出来，他还是希望我回去的。他甚至有点儿结巴，紧张地自言自语："你不要给朋友添麻烦了，快回来吧，哦，今天太晚了，明天你回来吧，我去接你。"我听了，就在心中窃喜，知道他终究是希望我回去的，于是逗他，让他说"想我了"，我就回去。电话那头，他沉默着，然后说，你自己看吧，不想回来就算了。其实，我已经买了回去的车票，但是听到他这么说，我一怒之下就把车票退了，我们再也没有联系，我把他的微信加入黑名单，电话号码也屏蔽起来，下定决心不再跟这个人联系了。

我离开重庆的那天，谈谈还在上班，我把钥匙放在屋里，锁上门，拎着行李自己去的机场。等我上了杭州萧山机场到市区的车，谈谈打来电话，说，老顾，你在家里茶几上留下个红包什么意思？我说，我今后可能不能赶回来参加你的婚礼了，先送上祝福，因为我也不知道将来会是在哪里。他低声说，可能没有那一天了。原来，谈谈检查出了淋巴癌，他一直没告诉我。当时我在大巴车上就哭了，哭得很厉害。那时，我在想，如果他治病遇到困难，我一定竭尽全力去帮他，他是我最好的兄弟。如果需要，什么代言邀请我都答应，只要不是特别恶心的那种，我都答应，我希望我的好兄弟能够健康起来。现在，谈谈没有让我帮助他，接受了化疗，病情稳定，偶尔联系，他还能跟我开玩笑。

现在，他还是那个淡然的男子，忍受着病痛的折磨，面带微笑，认真地生活。

我想去浙江小百花
当保洁员

　　辞职前，我曾对无数人说过，我想去浙江小百花越剧团看看，哪怕只是当一名保洁，每天擦着桌子、拖着地，听她们吊嗓子排练、压腿、甩水袖，也心满意足。后来，这句话真的成为新闻标题，以至于好多人争当小百花保洁员。

　　和越剧的缘分，似乎是命中注定的。我祖籍江苏邳州，虽然出生在河南郑州，但千山万水，也隔不断我和越剧的缘。

　　小时候，家里有一个墨绿色的唱片机。那是家里的高档电器，妈妈极其爱惜，用白色蕾丝的布盖着。每天清晨，一起床，她就用纤长的手指小心翼翼地打开盖子，放进黑胶唱片，打开开关，然后，黑色的唱片旋转起来，妈妈将唱针轻轻地放在最外圈开始的位置，整个房间就充满了动人的旋律。

　　记得那时有好几张唱片，但是播放得最多的，还是越剧《红楼梦》。那时我三四岁的样子，虽然祖籍江苏，但是从小在郑州出生长大，根本听不懂唱片里的吴侬软语。但是听得久了，就觉得旋律格外动听，于是，每天早晨最开心的事情，就是等妈妈打开唱机，装好唱片，我认真地将唱针放下。那似乎是一种仪式，成了生活中必不可少的环节，郑重而严肃。

家里的姐妹多，大家最喜欢的游戏就是在床上模仿唱戏，把枕巾用橡皮筋绑在手臂上，跟着旋律做各种身段各种甩水袖。我有个神奇的亲姐姐，比我年长近六岁，是整个院子最古灵精怪的女子，她会扎戏曲里的发型，会用电线做耳环、戒指、项链。于是，每天院子里的小姑娘们排队等待，渴望有一个古代女子的美丽发型。由于我是直系亲属，所以，无论多少人排队，我永远享受 vip 待遇，第一个被妆扮。往往一个仙女的发型，需要半斤发卡固定，我和院子里的小伙伴们顶着各式奇怪的发型招摇过市，内心极其满足。

后来，为了满足我自我陶醉的需要，巧手的姨妈甚至给我做了一个带有长长的水袖的上衣。于是每天，我伴随着悠扬婉转的越剧，翩翩起舞，跟着旋律哼唱着，没多久，整出戏全部能跟下来了，只是不清楚到底在唱些什么。那时候发音不标准，也听不懂，于是"天上掉下个林妹妹"被我唱作"天上吊死个林妹妹"。可怜的林妹妹，每天都被我无情地吊死好多回。

就这样，我懵懵懂懂哼唱着越剧长大了。越剧，陪伴了我的整个童年，直到初一时搬家，那个唱片机和黑胶唱片神秘失踪，我才慢慢淡忘了越剧，不再哼唱，开始听流行音乐。

大概到了三十岁时，我偶然间看到北京国家大剧院有浙江小百花越剧团的演出，上演的正是《红楼梦》，童年的记忆再次被唤醒，于是，我们全家决定买最前排的戏票，周末飞往北京，重拾美好记忆。那晚，我和妈妈、姐姐看得酣畅淋漓，心情难以平复，就接着打车到后海，喝着啤酒聊起往事，分享每个人的心情，仿佛，又回到童年时代那个院子，姥姥也还在世，微笑着看我甩着水袖唱越剧。

之后，越剧又成为我生命中重要的内容了，我关注演出信息，只要是有小百花，有茅威涛老师的演出，就想尽办法去看，不论是在北京还是杭州。茅威涛老师是我崇敬的越剧大师，一个内心强大的女子，在舞台上演绎各类人物：陆游、贾宝玉、阿炳、梁山伯……舞台上，她一身男儿装，气度非凡，风流倜傥，诠释了一个又一个光彩夺目、令人难忘的形象。她可以为了演绎孔乙己，剃去长发，以光头佝偻示人；可以将高科技的灯光舞美搬上越剧舞台，生动震撼；可以大胆改革，不断创新、完善。这是一个令人刮目相看的女子，让濮存昕搀扶着七十高龄的蓝天野走进剧场看戏，尊称为茅老师的女子。

喜欢这个女子，为了越剧，甘守寂寞，做那个独守老宅子的长女，为了梦想，奉献一生。一个人，一辈子，只做一件事，倾尽所有力气，不为自己获得名利，只是为了喜欢的事情。

辞职后的那个五月，我买了三场戏的戏票，虽然那时出门只带了一万一千块钱，那时已经花了一些，但是为了越剧，为了小百花，为了茅老师，我还是愿意买最贵的票。那时的我住在青年旅舍的男女混住间，一个床位一天65块钱，更换着不同的室友，他们来了，走了，又有新的人进来住。

偶然在微博上看到茅老师发的动态，她也看到了我的辞职信，巧合的是，我辞职的那天，她刚好发了一个招义工的消息。茅老师在微博里说，我是个有禅心的姑娘，像现代的祝英台，勇敢地打破传统，走出去。我看了万分激动，那是仰慕已久的大师，于是怀着试试的心情，私信她，告诉她，我就是那个姑娘。第二天，茅老师就私信我，问我会不会去杭州看演出。我说，我已经到杭州了，买了票，每场都去，在台下静静地看演出。茅老师说，好，悄悄进村。

在杭州时联系了我以前带着外甥童哥在厦门旅行时认识的一个旅友，那个男孩儿是我的老乡，在杭州一个学校当体育老师。他跟我一起买了第一场的戏票，陪我走进剧场。他说，若不是因为我的带动，估计他在杭州生活一辈子，也不可能这样走进剧场听越剧。那天有点儿冷，下着雨，我唯一的外套不知什么时候丢了，那个人就把他的牛仔衬衣送给我，说，以后路上用吧。我很感动，在那个时候，买任何一个东西都要想了又想，而他，能送我一件衣服，我想，我可以穿到秋天了。

姐姐是在第二场演出《梁祝》的时候来的杭州，我们俩一起看，仍旧是带着一大包纸巾，做好了哭瞎的准备。那天的舞台太美了，结尾时，梁山伯和祝英台从舞台中间升上来，风吹动着粉色的花瓣漫天飘舞，两个人携手蹁跹着走向观众谢幕。我和姐姐站起身来，奋力鼓掌，一包纸巾，已经见底，两个人哭得稀里哗啦。因为买了最贵的票，茅老师就在我面前三米处微笑着对观众鞠躬致意。

那一刻，我就在想，如果茅老师愿意，希望借此机会让小百花和越剧成为新闻标题，那么，我愿意，我愿意为这美好的传统艺术站出来，让更多的人了解越剧，走进剧场，亲身感受。后来，茅老师说，当时记者听说我曾想去小百花当保洁，就差点儿把她的电话打爆了，记者说，茅老师，你可以利用这个新闻炒作一把。但是，茅老师始终微笑，没有对我隔空喊话，也没有讲出我要去看演出的事情。后来，我想一想：为了越剧和小百花，茅老师做出了那么多的努力，而我，只是一个平凡的女子，就算站出来，又能真正帮到什么呢？越剧是美好的，让人神往的，不会因为我的宣传而发生多大的变化，只是，但凡走近越剧和小百花的人，都不会轻易离它而去了，这，就是艺术的魅力。

那天，与她相见，我浑身颤抖，本是走进了《梁祝》，久久无法自拔，然后，推门，就见她微笑起身拥抱我，瞬间，甜蜜融化。

世界那么大，我想去看看

终于鼓起勇气站在了茅老师的面前，我失控得一直哭，一直哭，根本停不下来。那时是炎热的五月下旬，演出了两个小时，茅老师早已大汗淋漓，但是为了见我，她没有卸妆，穿着裹得严严实实的戏服，在后台等我。茅老师就那样站在我的面前，给我讲了很多话，讲述她和越剧的深厚感情，讲述这些年她的坚守。我依然哭着，听着，许久才忍住激动的眼泪。茅老师的爱人郭小男先生也在后台，他拍了拍我的肩膀，然后，我们一起合影。郭小男先生是导演，这些年很多出戏都是他为茅老师亲自指导的，那是一个英气逼人的男子，坚定的眼神，却平易近人。很羡慕他们这样的伴侣，有着共同的梦想，共同的热爱，一起做一件事，互相扶持。

如今，我可以在远归这个小小的院子里哼唱越剧，唱给于夫听，唱给走进远归的朋友们。有朋友说，因为我，他们也开始尝试着了解越剧，走进剧场，爱上越剧。我知道，一个人的力量是微薄的，但是我愿意，让更多的人知道，世界上还有这样一个美好的剧种，有一群人坚守着梦想，将中国文化传承。

曾经和朋友开玩笑说："有一天，我一定要走上舞台，穿上藏青色的长袍，痛快淋漓地唱一出陆游与唐婉的选段《浪迹天涯三长载》。听戏的人们要热烈鼓掌，像《大宅门》里白景琦的妹妹捧万筱菊那样，将金银细软纷纷掷上台。"呵呵。即使没有那一天，我也要把越剧唱到老。

乌镇的傅叔叔和阮老爷子

　　最初和傅叔叔相识，是在 2006 年，算起来，也有将近十年了。那时我到杭州出差学习，最后一日，决定拜访乌镇。那时电视里刚刚热播了黄磊和刘若英主演的《似水年华》，拍摄于乌镇东栅，文艺范儿十足的片子。喜欢黄磊，那种淡淡的气质，不浓烈，却优雅脱俗。记忆最深刻的，便是其中他们短暂分别后再见时的桥段，两人在桥上偶然相遇，台词极其简单，却意味深长。

　　刘若英："我来了。"

　　黄磊："我知道。"

　　黄磊："我知道你来了。"

　　刘若英："我知道你知道。"

喜欢这样的台词，喜欢这样的片子。因为那部电视剧，我去了乌镇，没想到，却因此和乌镇结缘，结识了一群像亲人一样的人。

傅叔叔是乌镇人，世代居住在东栅，开了一家小小的民宿。偶然在网上看到他的电话，打过去，他说好的，我去车站接你。到达乌镇时已经是傍晚时分，十一月份的乌镇，有些清冷，天色渐暗，我从大巴车的车窗向外望，一个身形瘦弱的中年男子，站在车门前张望。傅叔叔骑着大大的电动车，把我带到家里，阿姨已经做好了晚饭，张罗着邀请我一起吃。一碗面，配上自制的小菜，在寒冷的冬日，仿佛回到家里，带给身体无限的温暖。

那时，乌镇还没有现在这样出名，夜晚是寂静安详的，湿漉漉的石板路，踏上去，发出沉闷的响声。红色的灯笼映射在蜿蜒的流水上，发出暖暖的光芒。傅叔叔带我逛乌镇，给我讲乌镇的故事，指给我看《似水年华》里黄磊和刘若英住的房子，书院，还有那个相遇的回廊。

第二天，我就坐在那个回廊，晒了一上午的太阳，脑海中回忆着那两个年轻人初相识的场景：夜晚，万籁俱寂，刘若英披着披肩，孩子般地跳格子，转身回眸，就看到黄磊。之后，每次再去乌镇，我都会在那里停留，静静地坐很久很久。

近午，我在熙熙攘攘的人群中看到桥上的傅叔叔，他微笑着说：

"小顾，回家吃饭了。"阿姨烧得一手好饭菜，满满的一桌子，仿佛节日。叔叔拿出乌镇有名的"三白酒"款待我，那酒之所以叫"三白"，指的是"水白，米白，酒白"。我不懂喝酒，好的坏的喝不出名堂，但是能品出酒中的情谊。和傅叔叔吃饭、喝酒、聊天，期间不断有人端着碗走进来，盛了饭，坐下来就吃，然后端着空碗离开。我问傅叔叔，他们是你家亲戚吗？叔叔笑了，说，是邻居。在乌镇，乡里乡亲，祖祖辈辈在一起生活，流水连通着整个镇子，也连通了浓得化不开的亲情。那时在傅叔叔家住一晚，只要50块钱，阁楼上的房间，脱了鞋，光着脚板小心翼翼地爬上楼梯，不大的房间，蓝印花布的窗帘，旧式的家具，公共的洗手间，阿姨会送来一杯热水泡好的胎菊茶。后来想想，只是那两顿饭菜，也不止这个价钱，于是，我和傅叔叔亲人一般的感情，从那时就开始了。

之后的几年间，不断地去乌镇，有时是自己，有时带着朋友。朋友们都深深喜欢上了傅叔叔，喝多了酒就拉着叔叔的手谈人生。阿姨依然年轻貌美，笑颜如花，穿着棉布印花裙子，精干的短发，吴侬软语，嘱咐我多吃菜。大多数是在暑假时去的，炎热的夏季，游人又多，白天我就待在阁楼上的房间里，看书、听音乐、写文章，有时就趴在窗子上，看下面街道上来来往往的人群。阿姨会光着脚走上阁楼，轻轻敲开我的房门，递进来一碗绿豆汤，软软糯糯，放了冰糖，让我喝下消暑。晚上，等游人散去，傅叔叔就带我去朋友阮老爷子家的饭店"醉仙楼"吃晚饭。拎着大饮料瓶装的散装"三白酒"，阮大哥亲自下厨烧几个菜，我一点儿也不客气，和他们全家人坐在一起大快朵颐。在异乡，一顿饭便拉近了人与人之间的距离。每次倒酒，傅叔叔总是倒半杯，我问他为什么，他笑了笑，说，一会儿阿姨会来"检查"的，不让他多喝，如果倒满了，阿姨就会发现，倒上半杯，杯里总是有酒，阿姨也不会察觉。果然，每次喝酒，阿姨总是要来的，装作散步的样子，偷偷往傅叔叔的酒杯里望。当初，听到傅叔叔这样解释，我在一旁窃笑，可是后来，阿姨突然生病走了，傅叔叔却再也不喝酒了。

听说阿姨去世的噩耗，是在一个冬天。朋友说要去乌镇，我就帮忙联系傅叔叔。电话里，叔叔依然亲切，寒暄了几句，我问："阿姨好吗？"电话那头忽然沉默了，良久，叔叔才用低沉的声音说："小顾啊，阿姨走了。"当时我就泪如雨下，当即决定去看望傅叔叔，祭拜阿姨。几年的时间，我们早已成为亲人，像我的娘家舅舅和舅妈，虽然距离遥远，心却是贴近的。和家人过完大年初一，第二天我就赶到乌镇，那时是春节，到杭州已经很晚了，又转了高铁，然后拼车去乌镇。叔叔还是老样子，只是憔悴了一些，房间里挂着阿姨的照片，我跪在地上叩头。脑海里还是阿姨当年的样子，干净的碎花棉布裙子，微笑着，捧着我送给她的百合花束。如今，叔叔的儿子结婚、生子，帮忙打理着民宿，日子，仍要过，一家人，依旧幸福地生活着。

最近一次去乌镇，是在辞职后的五月，去杭州看越剧，演出间歇，跑去乌镇看望傅叔叔和阮老爷子、阮大哥。叔叔把他的房间让给我住，每天给我做饭，晚上，我俩就聊天。叔叔说，小顾啊，将来你开了客栈，我也退休了，就去给你帮忙，水啊电啊的，这些修理的事情我都会。我说好的，等那时候您一定来，我给您养老。叔叔给我倒了三白酒，自己却不再喝酒。如今，没了阿姨的约束，他反而戒酒了，让我看着心疼。

说起阮老爷子，我想起的总是那个夏天穿着白色背心、一头银发的干净老人。阮老爷子应该七十多岁了，但是依然精神矍铄，待人热情。他骑着电动车，前面是他的狗，后面带着我，一溜烟跑到乡下，带我看养蚕的人家，去田间地头采新鲜的桑葚给我吃。那时，树上的桑葚已经采摘得差不多了，我就站在田埂上，看着满头白发的阮老爷子走进树林深处，仔细地看每一棵树，然后，把摘下来的新鲜的桑葚放进篮子里，那条狗，就在他身边跑着。每次临走，老爷子都要送给我一些特产，什么梅干菜啊，什么姑嫂饼啊，统统塞进我的包包里。

乌镇，有这样一群人，简单，热情，真挚。旅途上，不断地认识，然后，成为朋友、亲人，一辈子不忘。

南浔——
不再难寻

　　南浔，也是离开乌镇后选择的古镇。以前没去过，但是，只是这两个字，就让人心动。江南的古镇，总是有一个好听的名字，不断撩拨你的心，呼唤你。一个人，一个背包，乌镇的阮老爷子和阮大哥专程开车送我来到南浔。阮老爷子一家以前是住在南浔的，他在那里工作，后来不知道什么原因，举家搬到了乌镇西栅。阮老爷子让阮大哥开车送我去南浔，他也一路陪同着，路上，遇到鱼塘，他还和我讲着，以前在这里钓过鱼的。

　　到了南浔，阮老爷子带我去找他以前的同事，弯弯曲曲的巷子，他走得还算熟悉，只是，打听了半天，也没找到以前的朋友。多少年过去了，人，都已不知去向。阮大哥帮我打听住宿的客栈，一定坚持要看我住下来才返回乌镇。顺着街上阿姨手指的方向，我找到一家"阿芳借宿"，那似乎是南浔古镇里唯一的客栈。三层楼，墙面上爬满了绿色藤蔓，破旧的房子，没有过多的装饰。楼门是大开着的，爬到三楼，发现除了一间房间开着门，钥匙就插在门锁里，其他房间都是关着的。只是，没有一个人。在楼下的一个拐角，看到一个破旧的牌子"住宿打电话"，于是拨通了电话。那头，一个南方口音的女人声音传出，说是还有一间房，就在二楼，自己去看，觉得合适了她再过来。房间同样简单至极，老式的家具，一张床，一张桌子，旧式的电视机，使用多年的洗手间。只是坐在窗前，可以透过几乎要遮住窗子的绿色藤蔓，看到下面的小桥流水。决定住下，于是再打电话。几分钟，一个扎着两个辫子、拄着拐杖的中年女子一瘸一拐地走过来。她，就是阿芳。

后来阿芳姐告诉我，她的腿，是前几日晚上打蚊子，不慎从桌子上摔下来扭到的。从未听说过，打蚊子也可以如此拼命。阿芳姐说，房间看好了，那一晚120块，明天是周末，160块。我试图还价，她说，不行，大不了你多住几日，我都按120块收。如果觉得可以，赶紧登记，我还要去河对面的店里帮我爸妈包小馄饨。我说，姐姐，我可以在你家做义工，包吃就行，我吃得少，干活实在，房价再便宜点儿。她摇头，说，我们三口人就忙得过来，不用义工，我知道你吃不了多少，但是我也不想占你便宜。实在僵持不下，我说，姐姐，你知道那句话吗？我就是那个辞职看世界的老师。她眨了眨眼睛，说，那好，最低100块。

晚上，我正在洗漱，阿芳姐拄着拐杖来敲门，拿着一个本子，说："妹妹，我刚才跟我湖州的闺蜜说你是那个写了辞职信的姑娘，她超级激动,是你的粉丝,你能帮她签个名吗? 我对网络一窍不通,根本不知道发生了什么事。"

阿芳姐是个奇人,后来,我们成了最要好的姐妹,我搬进她的房间,跟她一起吃住,她的父母,认我做干女儿。每天,我在阿芳姐爸妈的小吃店里包小馄饨,给干妈唱越剧。阿芳姐说,你来了真好,可以给我妈唱越剧,以前,她总是一大早把我叫起来,让我跟她听越剧。干妈起得早,下午必须要午睡。可是我一唱越剧,她就不睡了,缠着我,一段又一段,最后,被阿芳姐训斥着才肯去睡。那些在南浔的日子,我们就这样,唱着,聊着,笑着,包馄饨,煮馄饨,然后,一家人围坐在一起吃饭喝酒。有时晚上,阿芳姐会带我去吃宵夜,两个女人,一大盘小龙虾,舔着手指头聊到深夜。五天时间,阿芳姐给我讲了好多好多关于她的往事,让我听得入迷,可是现在回忆起来,却只记得几个故事,后悔当时没记录下来。

阿芳姐和干妈干爸住在河两岸,阿芳姐喜欢睡懒觉,早上赖在床上不起来,干妈就隔着河开始大喊。即使小吃店里不忙,干妈也不喜欢阿芳姐睡懒觉,总是早早地把她叫起来。叫了半天,阿芳姐不应声,干妈就打电话过来,唠唠叨叨二十分钟。等干妈骂完,阿芳姐说,那我还要收拾半个小时,如果你刚才挂电话,我已经洗漱完毕过去帮忙了。

阿芳姐最大的特点就是迷糊。一次，中秋节，她突发奇想，跑到一座桥上赏月。很晚了，她还独自在桥上坐着，经过的邻居问她："阿芳啊，这么晚了，你怎么还不回家？"阿芳姐说："要回的。"邻居又问："那怎么还不走？"阿芳姐一脸迷茫地说："我不知道我家在哪儿，我迷路了。"在生活了十几年的南浔，阿芳姐迷路了，最后，邻居带着这个路痴找到了家。

阿芳姐的朋友飞燕姐姐跟我讲，阿芳的迷糊是出了名的。那时，她们还小，阿芳姐经常去飞燕姐姐家玩儿，但是无论去了多少次，每次还是找不到，有时打电话寒暄了半天，最后才嘟囔着说："你出来接我一下嘛，我找不到你家了。"一次，阿芳姐急着上厕所，没来得及打电话给飞燕姐姐，就凭着记忆敲开了一家门。那个人开了门，阿芳姐看也没看，直奔厕所。好久以后出来，在客厅里转悠，忽然发现飞燕姐姐家的那个古老的有雕花的大木头八仙桌怎么不见了，才抬起头问那个开门的年轻人，桌子去哪儿了。那个年轻人一头雾水地说："您找哪位啊？"阿芳姐才发现自己进错了门，落荒而逃。

还有一次，一个电影明星在她家门口拍戏，熙熙攘攘，人头攒动，整个南浔的人都来围观，只有阿芳姐躲在屋里不出门，她素来对这些明星什么的没什么兴趣。后来，门响了，她开门，门外站着一个高大英俊的年轻人。那人走进屋来，说，你认识我吗？阿芳姐摇头。那人自我介绍，就是那个明星，阿芳姐还是不认识。

那人说，整个镇子的人都来看我们拍戏，只有你不出来，所以，我要来看看你究竟是谁。

阿芳姐记性极差，经常忘记熟人的名字，即使是她的儿子，有时也会忘记。一次，过完年，她催儿子早一天去学校，收拾宿舍，带点儿水果，等待同学从外地返校。儿子到了学校，打过来电话说："我到了。"阿芳姐根本没看是谁打的电话，以为是住店的客人到了南浔，就说："好的，你在哪儿，我来接你。"儿子一听就急了："你刚把我赶到学校，又来接我干吗？"阿芳姐一头雾水地说："您是哪位？"我一直觉得她儿子能长到这么大还没走丢，而且成长得那么好，真是一件难得的事，跟他自身的努力有太大的关系。阿芳姐却一脸不屑地说："有了迷糊的妈，才有出色的儿子。"后来想想，确实如此，蛮有哲理。

阿芳姐说："小顾，以后如果再见面了，我不认识你了，你一定不要生气，要跟我讲咱俩的故事，我兴许就想起来了。"我喜欢这样迷糊但是鲜活的阿芳姐，真实不做作，又有点儿侠气，生活得有滋有味。

迷迷糊糊、大大咧咧的阿芳姐，遇到爱情总是略显迟钝。十几岁的时候，她哥哥的一个朋友经常来她家玩儿，后来，哥哥搬出去自己住，那个人还是来。阿芳姐就想：估计那个人是喜欢我爸妈，因为每次来，都带好多好吃的孝敬她父母。然后，那个人继续不断地来，但是也不多说什么，只是每次都待很久很久，在屋子里东看西看。阿芳姐就想：哦，他总是来我家，估计是喜欢我家的房子。就这样，几年时间过去了，那个人用所有行动接近阿芳姐，可是什么也没说过。阿芳姐就一直坚持认为，那个人总是来访，是因为喜欢自己的父母，喜欢她家的房子。直到多年后，那个人终于说出了口，吓得阿芳姐掉头就跑。阿芳姐说，他瞪着眼睛说他这么多年一直喜欢我的时候，我才明白，原来他不是看中了我爸妈和我家的房子，吓死我了。

阿芳姐曾有过轰轰烈烈的爱情，那是个和她青梅竹马的男子，自幼相识，一起长大，却阴差阳错，没能走到一起。在她的回忆里，我看到一个温暖到眉眼可以透出柔情的男子，陪着她成长，一路守护，让人想起那句"郎骑竹马来，绕床弄青梅"。这个性格豪爽、大大咧咧的姑娘，再懵懂、再迟钝，也是可以感受到这份感情的。阿芳姐说，有一次，那个男子执意要带她去山上看风景，她穿了皮鞋，山路崎岖难行，那男子就脱了自己的鞋子给她穿，自己赤足。阿芳姐说，我看到他的脚被山上的草和石子扎得流血，一路血迹斑斑，我要把鞋子还给他，他却死活不肯，牵着阿芳姐的手快步奔跑起来。爬到山顶，远处是一片树林，男子说，阿芳，你看。阿芳姐顺着男子手指的方向，看到每一棵树上，都刻着她的名字。阿芳姐当时就哭了。我想，任何一个女子，看到那样的场景，也都是一样的，无法不为之动容。男子说，阿芳，每次我想你，就爬到山上，在一棵树上刻上你的名字，如今，这片树林，都被我刻满了。我记不清楚他们是因为什么误会分开的，只是记得阿芳姐讲过，多年后的某一天，当两个人偶然相遇于同一辆长途车，各自身边陪伴的，是各自的恋人。可是，自幼的情分，岂是轻易可以忘掉的？他们各自回到家，思忖良久，决定听从自己的内心，诚实面对自己的感情。于是，那一晚，他们步行出发去对方家里，只是，只是，天意弄人，路上，阴差阳错，竟然没有遇到，于是，各自在对方家门前守了一晚。错过了，就是错过了，他们的爱情没有结果。

我和于夫能够在一起，也是因为阿芳姐。那天，我俩吃宵夜，我听了那么多阿芳姐的故事，终于忍不住，也给她讲了于夫的故事。我说："分开了一个多月，我还是觉得这个世界上也许只有这个人能够跟我一起走下去。"阿芳姐咽下一口啤酒对我说："那就去找他，现在就给他打电话。小顾，我错过了很多次，不希望你也错过。"我这才鼓起勇气，给于夫打了电话。那段时间，他去了色达，接到我的电话，他并没有意外，只是依旧平淡地说："那好，你回来。"

离开南浔的那天，正好有一个河南的旅游团的客人在面馆吃饭，他们恰好回杭州，说是可以免费带我过去。于是我对干妈和阿芳姐说，我要走了。干妈听到我要走的消息，有点儿惊愕，虽然我跟她说过，要回杭州继续听戏的。干妈不知道我的全名，只是每天叫我"小强"，于是让我在纸上写下名字，跑到隔壁的店铺，让人在葫芦上烙上我的名字和祝福的话。干妈自始至终不知道我是谁，阿芳姐也没对她讲过，干爸干妈只是把我当作亲女儿对待，担心我吃得少，总是嘱咐我。好多次，干妈在我旁边煮着馄饨，无比遗憾地说："小强啊，我要是再有个儿子就好了，就娶你当媳妇儿，我想让你留在我家，天天一起包馄饨唱越剧。"阿芳姐吃醋地说："我妈对你，比对我这个亲女儿还要好，我到底是不是捡来的啊？"临别时，我给干妈写了一句话留念，她捧着那张纸，紧张地满屋子转悠。阿芳姐笑得前仰后合，说："小顾你看，我妈有多珍惜你的字，都不知道把这张纸放在哪里好了。"干妈就捧着那张纸对我们哈哈大笑。分别时，干妈和阿芳姐都哭了，流着眼泪跟我挥手再见。我知道，这样的亲人，在路上相识，就是一辈子。

临走时，阿芳姐说："小顾，如果你和于夫找不到合适的地方开客栈，那就回来，我家还有一间老铺子，虽然做不了客栈，但是你们还可以留在南浔，做点儿其他的事情。"

后来，听阿芳姐说，南浔的政府部门听说我去过南浔，便拿着这件事儿做广告，宣传古镇，甚至在一段时间内，对"顾"姓的家族实行免票政策。一个南浔古镇的客栈老板，专门写了微信公众号，声称我是去南浔找他的，寻他不遇，才不舍地离开。我听了就想笑：我想告诉大家，我根本不认识那个人，只是一次阿芳姐拄着拐杖带我逛古镇，忽然想上厕所，恰好经过他家门口，迟疑了片刻，却碍于面子，最终忍住，没好意思专门去人家客栈方便。

　　无论怎样，我在南浔结识了阿芳姐，是件快乐的事。在南浔，我找到了自己，找到了自己想要的生活。南浔，一切不再难寻。

等我

　　离开南浔，我回到杭州，妈妈和姐姐已经在那里等我。我提前买了最后一场小百花巡演的越剧票，作为"母亲节"的礼物。我知道，这才是妈妈最喜欢的礼物。

　　母女三人，泪眼婆娑地看完《五女拜寿》，在台下奋力鼓掌，直到最后才离开剧场。这出戏，小时候就在电视上看过很多次，那时，何赛飞还是越剧演员，饰演的丫鬟翠云和茅威涛饰演的书生邹士龙终成眷属。然后，我们一家人游绍兴，品黄酒，逛兰亭、沈园。那是我离家后的第一次重逢，母女三人在旅途中共话亲情。我们住在沈园旁边一个小巷子里的客栈，小小的庭院，晚上，就在院子里喝功夫茶，我给我妈唱越剧。隔壁的沈园，灯光闪烁，隐隐传来越剧的声音。那个夏日，越剧就在空气里流转，混在茶里，混在女儿红里，还混在茴香豆里。

　　结束了绍兴之旅，家人去了宜兴，我独自回到杭州，就直奔成都。

我想，经过那么久的分别，我和于夫都清楚懂得了对方的重要性，这个世上，也许只有我们两个可以共度一生。生活有不同的阶段，认识了于夫，我觉得，他是那个可以牵着我的手走一辈子的人。他仍旧是那个生性淡然的男子，没有过多的话语，只是，多了些体贴。于夫对我说："我自幼离家，独自在外生活多年，习惯了一个人，如今是两个人，我需要一些时间慢慢习惯。"我知道，他已经改变了，这一个多月以来，他努力改变着自己，开始适应两个人的生活。

.

就这么
愉快地决定了

　　再次去了黄龙溪古镇，还是那家茶馆，两个人聊天、喝茶、看书。一切，一样，又不一样。我们开始计划将来的生活，还是决定去云南，那是我们相识的地方，大理或者丽江，我们喜欢那里的蓝天白云、苍山洱海。于夫的美发店已经盘出去了，两个人，挣脱了原有的生活，不顾一切，开始一种新的生活方式——期盼已久的生活方式。那一天，天气似乎格外晴朗，两个人牵着手，一个小店一个小店地逛着，笑着，我感觉到了从未有过的幸福。

　　那时，关于我的新闻浪潮已经渐渐退去，没有了记者打来的电话，我们就像其他的青年男女一样，谈着简单的恋爱。两次游览黄龙溪古镇，心情却大不相同，我们只想尝试着去触碰幸福，无须外界的纷扰，只是，两个人在一起。

　　那天，于夫对我说："我们再也不分开了，我带你回哈尔滨见我妈妈和家人，然后登记结婚。"我望着他认真的表情，用力点头。

我们几乎是在没有谈一天恋爱的情况下，就决定了今生今世在一起了。可能有人会觉得我们草率，应该有更多的相处、更多的了解，然后再做决定。可是那么多谈了马拉松一样恋爱的恋人们，多年后，依然分道扬镳。所以，时间，不是检验爱情的唯一标准。有时，只要你认定了，不变了，就是一辈子。

文身的
故事

　　于夫是一个外表酷酷的，但内心火热单纯的人。他会写一手漂亮的字，无论是钢笔还是毛笔，都比我写得好。在社会上闯荡那么多年，他没有沾染一丝一毫的坏习气，只是看书、写字、喝茶、弹吉他、旅行。走近他，了解他的人，自然知道他是怎样的一个人。有责任感、执着、细腻，有时顽皮得像个孩子，有时又可以一个人沉默许久。这样的人，才是真人吧，真实的，美好的，是我青春时期关于男性的所有想象。

　　对于他的文身，很多人不认可，在网上看到好多恶语中伤，甚至收到一个学生家长发来的短信，好心告诉我说，他们觉得于夫的文身太吓人了，看起来有点儿黑社会的样子，不符合我们河南老乡的审美观。我只是笑而不语。和他过一辈子的是我，我觉得好，就足够了，别人的看法，不重要。刚开始，我担心于夫看到网络上的评论会不开心，谁知，他看了，只是嘻嘻地笑，说，这些评论真有意思，他们都是怎么想的啊？听到他的话，我就放心了，他和我一样，拥有强大的内心。

于夫左手腕上的五星文身，是 2008 年汶川地震那天文上的，那时，他还没有来成都，用这样的方式表达自己的情感。左手臂上文的是他母亲年轻时的样子，守护天使，母亲喜欢的大朵的牡丹花，和名字缩写、出生年月日。我们结婚前一天，他带我回大连，在朋友小龙的店里，他决定在右边锁骨上文上我的姓氏、出生年月日。我听着机器发出的嗡嗡的响声，看到他紧锁的眉头，说，还是算了吧。于夫却说，锁骨是全身皮肤最薄的地方，这才算刻骨铭心。那一刻，我被融化了，于夫用他的方式来爱我，不是放在口头上，而是根植于内心。

贝克汉姆用文身表达对家人的爱，人人称赞他爱得深沉。而对于于夫，则有太多的看不惯、太多的批评。我们不辩解，不在此事上耗费精力，毕竟，别人怎么看怎么说，与我们无关。将来，他还要把我们孩子的名字文在肋骨上，一家人，都记在他心里。我喜欢他用这样的方式来表达情感，当年也曾想过在脖子后面或者脚踝处文上一个标记，只是那时碍于教师的身份，只能作罢。现在，看着他的文身，我也觉得开心，而且，我也深深地印记在他的身上了。有时候，我会扒开他的领口，看看那一行小小的、与我有关的文字，然后，我俩相视一笑。

我这辈子做的最正确的一个决定，大概就是选择和于夫在一起。

勇敢地面对自己的内心，听从内心的真实想法，无所畏惧，勇敢爱。

如今，我每天在院子里，抬起头就可以看到他的身影，偶尔，我们相视一笑，牵着手走过小镇的石板路，看日出日落。日子，就这样悄悄流逝，我们慢慢老去，牵着的手，再也不会放开。

很多听过我讲述我和于夫相识相恋故事的人都对我说，是你们，让我又开始相信爱情。其实，爱情就在那里，只要你勇敢，只要你等得足够久。

叁

定居古镇

刚到街子古镇时，没有太多的印象，但是，看到银杏广场的那座"字库塔"，我就震撼了。我从未见到过一座古塔是和宗教信仰无关的，而它只是因为尊重文字，所以建了塔。或许正因了这第一印象，便留了下来，才有了"远归"。

茶马古道

　　我们原本打算去云南的，但是离开成都前的那次小小旅行，偶然经过青城山下的这座小镇，只是因为循着茶马古道，来这里探寻历史的遗迹，然而，爬了一次山，在河边喝了一杯茶，我们就决定留下了。于夫问我："你喜欢这里吗？"我说，喜欢啊。他说："那我们留下吧？"我说，好的。可是马上他又说："你要想好了，别等到哪一天生活不如意了，又抱怨当初没去云南。"我笑了，说，你还是不够了解我，我不是那样的姑娘，我从未对自己做过的决定后悔过。

　　记得那天爬凤栖山，去光严禅寺。两个小时的山路，却一点儿也不让人感到疲累。那天，是范冰冰在微博上第一次发出她和李晨的合照、公开恋情的日子，图片配着简短的文字"我们"。我也拍了一张我和于夫牵手爬山的照片，同样配上"我们"，发在了朋友圈。那时，我对外关闭了朋友圈，只有家人和最亲密的朋友们能够看到。两个牵着的手，紧紧地拉着，露出的手臂，满是文身。于是，我的朋友圈炸锅了，最亲密的朋友纷纷询问怎么回事。只有我家人还是那么大气淡定，我姐留言说："麻烦镜头往上摇，让我看看是个什么样的男子。"于夫，这才出现在大家的视线。

其实，在哪里生活，都没有太大的区别。生活原本简单，清新的空气，新鲜的蔬菜，一座可以爬爬的小山，河流穿城而过，历史悠久，民风淳朴，就足够了。街子古镇，就是这样的地方，所以，做决定并不难。想得太多，好事都想占尽，抉择就变得艰难不堪。所以，我庆幸，我和于夫都是简单的人，没有选择困难症，想问题清晰直接，不绕弯子，果断勇敢。清楚地知道自己内心的渴望，想要的究竟是什么，那么，答案就会出现，用不着上下求索，一切都是那么简单。

初来
街子

　　刚到街子古镇时，没有太多的印象，因为去过太多的小镇，走在老街上，看到的都是大同小异的商铺，出售着当地的小吃、从义乌小商品城批发来的纪念品，或者民族服饰。这样的店铺，对于我们没有吸引力，那些东西见得太多，毫无特色。但是，看到银杏广场的那座"字库塔"，我就震撼了。我从未见到过一座古塔是和宗教信仰无关的，而它只是因为尊重文字，所以建了塔，作为文字纸张的处理之所。信奉"惜字是福"的街子人认为：随便丢弃、污染有字的纸是缺德的事，应该把废弃不用的字纸放在特制的纸篓内集中起来焚化。于是分别在街道的上场口和下场口修建了两座专供焚纸用的字库塔。上场口的那座已毁，下场口的这座至今保存完好，成为古镇的一道景观。2008 年地震时遭到破坏，但是经过修复，依然伫立。夜幕下，那座字库塔巍峨耸立，不高，却让人心生敬畏。四棵高大的银杏树，傲然矗立，树木已经变为黑色，有些树干还留有被雷击的痕迹，旁边，流淌的便是味江。

说起味江，还有一个传说。相传古蜀王征西藩之时，味江两岸的居民曾敬献蜀王一壶美酒，但是蜀王没有自己独享，而是"投诸江中，令三军共饮"，可见蜀王对下属的体恤、关怀之情。也就是因为如此，这条河从此有了味道，称为味江。味江之水确实甘美，《槐轩杂著》中记载："西北有味江，泉洌而甘，明藩以之酿酒。"究其原因，就是味江是纯天然的泉水，无任何污染。就是因为如此，街子有着悠久的酿酒历史，崇州也被称为酿酒之乡，还被命名为全国白酒原酒生产基地。

街子古镇还有悠久的历史。街子建置已有一千多年的历史，五代时名"横渠镇"，因横于味江河畔而得名。五代后蜀设永康县，这里是县治所在地。后来经过历朝历代的重要历史事件，政治、经济反复兴衰，兴时曾为县治掌一方水土，衰时仅余一条小街。到明朝万历四十二年即公元1615年，仅存沿河的一条街。1940年建立街子场，新中国成立后为街子乡，1991年撤乡建镇至今。

关于光严禅寺，还有很多很多的故事。明朝的那些事儿，和这座禅寺有着说不清的关系。如果你有机会来到街子古镇，那么，一定要选一个早晨，走上"康道"，爬一次"古寺"，在古树参天的寺庙前的凉茶摊上坐下来，喝一杯当地的绿茶，细细品味。街子的故事，你才能了解一二。

街子的
集市

　　我出生在河南郑州，在来到街子之前，将近三十五年的时光，都是在那个城市度过的。于夫出生在哈尔滨，长大后去过很多城市，但都是传统的省会城市，差不多都是一个样子。

　　中国的城市没有太大的区别，同样的高楼大厦，车水马龙，雾霾、堵车、修地铁。城市里是没有集市的，买什么东西，都是去大商场或者超市，几层楼，一应俱全。但是，似乎缺少了什么。没有交流，自己挑选，拿到收银台结账，收银员只会问你："您好，有会员卡吗？"

　　来到街子不久，就听说这里有集市，每逢阳历三、六、九，就会在菜市场附近摆满售卖的东西。住在山上的居民，会带来新鲜采摘的蔬菜瓜果，那是全镇人民最常规，也是最盛大的节日。据说，过年时，正月十九，街子会有一年一度最大规模的"场"，方圆几公里都是摊贩，摆得琳琅满目。

第一次去赶集，以为自己已经起得很早了，但是还没到菜市场，就看到路边全部摆满了临时摊位，熙熙攘攘，人头攒动。大爷大妈穿着旧时的深蓝色服装，背着竹篓，拄着拐杖；妇女用粗布包着婴儿，一根长长的布条缠在身上，就是婴儿袋了；孩子在母亲或者父亲背上好奇地张大眼睛，打量着这个世界；售卖的小贩，面前摆着各式的物品，有些大妈，面前甚至只有一小袋的毛豆，也加入售卖的队伍，坐在小小角落里，等你走过时，怯怯地问一句："买一点儿吗？"……

　　喜欢这样挑选食材，穿梭在人群之中，说着蹩脚的街子话："好多钱（qiǎn）一（yǐ）斤？"和小贩们交流。有时，买完菜回到家，才想起来，忘记还价了，暗下决心，以后一定记得，但是下一次，还是记不得。有人打趣说："你要记得还价，你买贵了不要紧，千万不要让街子的菜价涨起来。"我笑，不回答。因为当你看到那长满皱纹的纯朴的脸庞，只记得多买一点儿了。有时我买菜，并不把目光放在蔬菜上面，而是沿途打量着卖菜的老人，看到那些年迈的白发苍苍的老人，我就停下来，多少买一点儿。你可以看到他们看见你停留在自家摊前时眼睛里闪烁的光芒，哆哆嗦嗦地拿起一个破旧的塑料袋，用最古老的杆秤给你称斤两，每回都要往袋子里添好几次菜，把称幺得高高的，直到秤砣嗖的一下滑下来，才肯罢休。临走，还要抓一把塞给你，说："以后多来买啊！"

　　如今，我已经是地道的街子人了，经常去买菜、鱼虾和干货的几家老板都认识我，和我打趣，直接给我最优惠的价格。有时只是路过，他们就大老远招手喊我，像是认识多年的老朋友。

不知道这样古朴的小镇，还可以保持多久。去过的那些古镇，大多被开发成为统一的模式，门票一百多，到处是举着旗子的旅行团，导游戴着扩音器发出刺耳的声音，有的地方，连晒太阳的老人都是花钱雇来的，每月领着工资，成为景点一"景"。我不喜欢那样的模式化，不喜欢做作，崇尚真实不虚。我喜欢街子的真实，喜欢这里的空气，喜欢那座可以爬爬的小山，还有每日流淌的味江。

远归客栈里来了一家三口，可爱的小宝贝才两岁，原本打算住一天，结果住下就不想走了，一连住了四天。孩子在院子里玩着小乌龟，喂小鱼吃食，看花花草草，给我讲动物园里有好多动物。

中国的文字是伟大的，"自在"，最好的诠释，就是自己和自己在一起，才可称为真正的自在。街子，是个安静的可以和自己交谈的地方。如果你只喜欢喧闹，那么，也许在这里你会觉得无聊；如果，你想找到自己，那么，这里可以帮你实现，自己与自己的对话。

吃饭的
趣事

　　我从小是住在市中心的一个大杂院儿里的，十三岁前，都是在那个院子里长大的，记忆都与那个不大的院子有关。一个院子五六户人家，彼此熟悉，每天生活都在一起。那时候，姥姥还在世，那是个善良朴实又充满智慧的慈善老人，和院子里的每户人家都能相处得很好。姥姥所有的钱都花在儿孙身上，我和几个哥哥姐姐从小就是围着姥姥的锅台长大的，每天期盼着姥姥烧出美味佳肴，踮着脚尖等待。姥姥经常挎着篮子去买菜，虾仁、仙贝、腰果、鸡鸭鱼肉，每餐都那么丰盛。市场的人都认得这位出手大方、阔绰的老人，问她为什么每天花这么多钱买好吃的。姥姥笑着说："我在养兵啊，每个孩子就是我的兵，要让他们吃好才能长得好。"有邻居看到姥姥买菜，从来不看秤，就担心那些小贩骗她，好心提醒。姥姥依然笑，说："我相信良心，他们不会坏良心欺骗我这个老太婆的。"

　　每到吃饭的时候，家里就飘出阵阵饭菜的香味，弥漫整个院子。邻居家的人忍不住，就端着碗过来，瞧着锅里的美食，问姥姥今天做的什么好吃的。姥姥总是大方地舀一大勺盛在他们的碗里，说："尝尝，尝尝。"于是，邻居就心满意足地端着热腾腾的美食，蹲在院子里晒着太阳大快朵颐。我们这群孩子看到不高兴，就不让姥姥再给别人分我们的美食。姥姥总是说："邻居吃点儿怕什么？你们看，还有一大锅呢！"然后，就每人盛上一碗，孩子们也开心地端着碗跳着跑开了，不再追究。家里人多，十几口人的饭菜，姥姥一个人轻松搞定。因为众口难调，有时稀饭就要煮上两三种，我妈看了就骂我们太挑食，太麻烦。姥姥总是笑，不厌其烦，给每个孩子准备最喜欢的饭菜。

那时的记忆，就是每个人端着碗，聚在一起，蹲着的，站着的，聊着天，吸溜着碗里的热饭菜。我们孩子也学着大人的样子，蹲在一旁，听他们聊天。记得有一次，院子里一个长得浑圆粗壮的阿姨，端着一口大黑锅吃饭，锅底黢黑，一看就是历经烟火。我看着自己的小碗，瞬间感觉弱爆了，于是嚷嚷着也要用锅吃饭。妈妈拿来一口小锅，把饭倒进去递给我，我看了一眼，仍旧在闹："我不要白锅，我也要用黑锅！"我妈爱干净，家里到处窗明几净，怎么可能容许锅底黑乎乎的？于是只能抱歉地告诉我："咱家没黑锅。"

吃剩的饭菜，姥姥不随意倒掉，每天傍晚，就用干净的袋子装好，小心翼翼地放在院门口的台子上。熟悉的乞丐，每天都会来拿。没有语言，没有感谢，成为平淡生活的一部分。姥姥说："乞丐也是人，只是一时落了难。俗话讲，饱时给一斗，不如饿时给一口。"我们这群孩子听着，记在心里。

初二时，老院子拆迁，我们搬进了楼房，再也没有了老院子的热闹。家家关门闭户，很少往来，姥姥时常怀念在大杂院的那段时光，那段人与人心灵贴近的生活。

来到街子，喜欢这座小镇，不仅是因为悠久的历史文化，更是因为当地的人，简单质朴，让我再次回到童年时光。街坊邻居相互熟识，走在街上，见到就热情地打招呼，问你去哪里。开口第一句话，就是用浓重的街子口音大声地喊："呲（吃）了吗？"有时于夫和他们开玩笑，没等他们开口，先学着他们的样子，运一口气，声若洪钟地大喊："呲（吃）了吗？"惹得当地人哈哈大笑。街子人不大习惯独自在家坐在桌子前面吃饭，喜欢端着盛满饭菜的碗，站在自家门前，和邻居一边聊天一边吃。没有人会觉得不雅，也不会拿着吃的去让别人，吃得怡然自得，不急不躁。于是，一碗饭，伴随着聊天，慢慢入口，慢慢消化，似乎更有味道。一个阿姨端着碗凑到我旁边，贴着我的耳朵说："这样站着吃，吃得多，我以前吃饭，都是端着碗跑一条老街的。"

于夫坐在铺面上拿手机拍他们吃饭，老乡们有的不好意思地躲闪，有的若无其事，依然故我。他们觉得，这么平常的事情，拍啥子嘛！可是，对于我们来说，这就是真实的街子生活，记录下来，分享给封闭在大城市的人们。

街子古镇，让我们回忆童年，追忆那似水的年华。

尽量质朴地
生活

妈妈发来微信，说，我希望你能轻松点儿生活，注意休息，天气冷了，多喝热水，多穿衣服，文章有时间再写，不要有压力，把自己搞得太累。

我听到遥远的地方，母亲的牵挂。

离开家近一年，在四川、浙江、东北短暂旅行，然后，在古镇开始全新生活。

如今，我已完全适应古镇生活，背着竹篓买菜，到熟悉的店铺，和卖家开玩笑，一边走，一边把买好的蔬菜准确地扔进背后的竹篓，轻松娴熟。卖鱼的王二哥家那个年轻姑娘，娃娃脸，大眼睛，手指粗壮通红，每日穿着防水的围裙杀鸡宰鱼；卖干杂的大叔，留着两撇小胡子，一条腿有些跛，闲暇时会在店铺门口摆上架子，一边用机器绞碎小米辣，一边用铅笔画伟人素描，屋里的墙壁贴得满满的；

卖豆腐、豆浆的黄大妈，嗓门极大，穿着破旧的衣服、绿军鞋，蹬着三轮车，每天在镇子里捡拾旧木头拿回家当柴烧，吆喝着和我推让两块钱，然后数落我各种笨，在她眼里，别人都是笨的，要教的；卖水果的年轻夫妻，特别热情会说话，每天结束了菜市场的生意，还要到夜市上卖水果，直到深夜，然后再回家做饭；摆夜市火锅摊的胖哥，有个极其美貌苗条的媳妇儿，孩子才会咿咿呀呀说话，每天骑着大三轮车带着全部家当在路口赚钱，两口子闲了就凑在一起说悄悄话；卖菜的大叔，每次给我便宜五毛钱，忘记拿的菜，过了几天，照样给我再装一包新鲜的；蛋糕店的年轻夫妻，会给我打八折，问我最近忙不忙，他儿子惊奇地问他："这是你姐姐或者妹妹吗？"杂货店的老板娘，看我冻得嘻嘻哈哈，大马路上拦下我，从店里拿出一副手套给我戴上，挥挥手说不要钱送给我……

于是，每次逛菜市场，便是感受街子人民质朴风情的美好时光。于夫总说，街子，是让我们回到童年的地方，可以找回遗忘多年的记忆。不用争名夺利，不用钩心斗角，人人以诚相待，互相关爱。

我们喜欢这样的感觉，简单，自然，无须用心维护，却时刻都在的关爱。

尽量质朴而深入地去生活。好好地爱。因为每一刻不是永远会这样的，所以要充分地感受它，感激它。

街子的雨

最初吸引我们留在街子的一个原因，就是雨。

那时，是炎热的夏季。城市里早已热得让人感觉憋闷，心情烦躁。可是街子古镇却凉爽至极，空调成了摆设，甚至，连电扇都用不到，晚上还要盖棉被。

每到傍晚，街子就会下起一阵小雨。一直觉得，这样的小雨，不期而至，似乎带着一丝神秘的色彩。这样的小雨，不用打伞，细密的雨丝，落在发上，只是薄薄的一层水雾。于是，在雨中漫步，不用担心雨点湿了衣服、溅起的雨水打湿了鞋袜，只是在石板路上踱步，尽情感受着空气里湿润的气息。

如今，到了冬季，雨，也变得愈发长情。有人说，成都的冬季是难耐的，那种冷，是难以忍受的湿冷，无能为力，寒入骨髓。可是我这个来自中原大地的姑娘，却丝毫没有这样的感觉。以前在郑州时，我就不喜欢暖气、空调，原本就干燥的空气，用了这些，仿佛空气里燃烧着火焰，变本加厉。四季，原本就是这样，春夏秋冬，各有不同。如果，你极力改变，那么，就不是顺其自然。我喜欢冬季的那种冷，让人冷静清醒，戴着围巾、帽子、手套，同样可以尽情欣赏冬季的景色。

街子的雨，就这样绵绵的，一落就是一整天。到了傍晚，整个镇子恢复了宁静，坐在院子里，捧着一盏热茶，听雨打屋檐，滴答滴答，闭上眼睛，感受上天的恩赐。想起方文山那句歌词："天青色等烟雨。"一个"等"字，便道出了所有，饱满的情绪瞬间喷薄而出，毫无保留，也无须掩饰。

最初选择和于夫去云南，也是因为那里的蓝天白云，让人也散发着耀眼的光芒，可以在寒冷冬季肆意炫耀明媚如春的艳阳。云南，有云南的好，四川，也有她的独到之美。人生，总要选择，不可能占尽所有美事，这就是舍与得。

选择了街子，选择了安静的生活，便不再眷恋别处。人，总是站在窗口张望外面，觉得如何好如何好，然后，忘记了自己所处的生活，原本也是美好的。尽情享受停留在这里的美好时光，至于将来，在哪里，如何度过，都是未知，也无须多虑。

关于远归，
关于梦想

　　很多很多年前，我就曾梦想开一家属于自己的客栈，无须太大，只是按照自己的心情装扮，然后，可以在工作之余，和朋友一起在客栈里聊天、喝茶，任时间流淌。可是那时，我还在工作，郑州那座城市，没有太多吸引人的景点或者风光，如果要开店，只能选择临近的旅游城市，洛阳或者开封。和朋友商量了许久，终于作罢。

　　后来听于夫说，他也曾有这样的梦想，于是，十年间，他行走各地，不断地收集有趣的物件，希望有一天能够用来装点自己的客栈。现在远归客栈里的好多摆设、窗帘、挂饰，都是他在各地淘来的。

　　远归，从最开始，就承载着我们两个人的梦想。

　　决定留在街子古镇，我们便开始寻觅合适的院落。太多的当地居民，把仅有的空间，全部盖成了房子，没有院子，没有天台，房间狭小逼仄，没有后窗，不通风。有一日忽然看到了巷子里这个院子，刚刚建好，正在铺院子里的地面，我俩当时就决定，就是它了。

这个院子，本是镇上最大的豆腐坊，黄大妈，人称"黄豆花"，在镇子上赫赫有名。没改建前，院子里是土地，一到下雨，人们端着盆子，踩着泥排队来买豆花。改建后，建起了三层楼，每个房间都有 25 平方，更难得的是一楼有一个近一百平方的大厅。房东原本打算把每个房间单独租给一家人，常年包租的那种，那个大厅，便是大爷大妈们下雨天打牌、跳舞、走模特步的地方。

签合同前，房东根本不知道我们是谁，经过商议，签了二十年的合同，房租五年一调整，根据旁边的市价，这样的合同，对双方都比较公平。

后来有人来到"远归"，和我们聊起租房子的事情，就给我们算了一笔账，算完，说，你们应该买下来，还是买下来划算。我俩就笑，解释给他们听：无论租或者买，我们二十年的时光是要在这里度过的，这就无所谓划算不划算。即使客栈天天满房，我俩也不可能发大财，本来就是找个地方享受时光，那些用物质和金钱来衡量的划算与否，和我俩实在无关。

二十年的租金和装修费用加起来，在城市里，无非也就是买个大一点儿的几室一厅，而在街子古镇，我们可以有这样的大院子，种自己喜欢的花草，在大厅里写毛笔字、喝茶，清晨在三楼的天台上荡着秋千眺望远山。我们不是好的商人，不太会计算，但是，日子过得舒坦不舒坦，我们却最清楚。

"远归"这个名字，还是姐姐起的，她说，我和于夫一个来自河南郑州，一个来自黑龙江哈尔滨，都是那样的远方；相识于云南大理那样的远方，又定居在成都这样的远方，找到了彼此心灵的归属，所以叫"远归"。另外，希望每一个来到"远归"的客人，无论走了多么远，都可以感受到家的温暖，找到心灵的归属。我和于夫也非常喜欢这个名字，简单，好记，又意味深长。一个朋友笑说，你们应该叫"世界那么大客栈"，这样，所有人都知道你们的客栈，生意自然好。我俩又笑。

定好了客栈名字，我们的朋友们开始发动他们认识的全国各地的书法家给我们邮寄过来各种字体的"远归"，其中不乏大家，我们都很喜欢，装裱了，挂在客栈的房间和院子。后来，邻居家一个二十八岁的男孩赵万方用大篆字体给我们写的"远归"，我俩最喜欢。他毕业于艺术院校，现在从事着和书法毫无关系的工作，名不见经传，但是那种字体，却最让我们心动，你可以从他的字体中看到历史的传承。毫不犹豫，就选了他的字，决定用于夫淘回来的那块旧门板雕刻成门匾。

那块门板也有个极其有趣的故事。刚到街子不久，一天，于夫在镇里溜达，看到一家在拆房子，砖头堆里压着几块旧门板，于是，就收了回来。50块钱，轻松成交。那时，他不知道是什么木材，只是觉得厚重，喜欢。后来懂木材的刘毅师傅来了，看到门板，惊呼："值了，值了，这块门板有半块是金丝楠！"因为我们不贪心，反而有意外收获。

决定了字体和木板，就要开始准备雕刻了。可谁知，一天夜晚，将近十一点了，小赵师傅急匆匆地来了，拿着一副新写的字，着急地说："于哥，我刚才又写了一幅字，觉得这幅比较好。"那幅字果然更加大气流畅。小赵师傅说，刚才又写了几幅，无意间用包装宣纸的那张纸写出的，反而觉得最好。后来，小赵师傅开玩笑地说："一包宣纸，几百张，才有一张包装纸，所以，包装纸才是精品纸啊！"

如今，这块门匾静静地挂在仿古的大门上，每个来"远归"的人，抬头便能望见。

我要送你
一个花园

　　来到远归客栈的人，会被院子里随处可见的花草深深吸引。几乎每个角落，都栽种着不同的绿植。于夫喜欢花草，是受母亲的影响。他小时候，妈妈就喜欢养花，家里到处都是花草，每天浇水，悉心照料。于夫离开东北时，还把自己种的花草托付给家人照料，上次跟他回家，还看到它们长得那么好。

　　如今有了自己的院子，于夫在各个角落都种满了花草，每一盆，都是他自己栽种的，甚至三楼天台上的土，都是他一担一担挑上去的。那时是炎热的盛夏，他打着赤脚，挑着担子挑土，那可是二十多个大花盆啊，往返要近百趟。我看他累得满头大汗，就劝他，要不然，我们请个工人吧。他摇头，说，这才是享受过程，别人帮忙做了，就失去了意义。于是，我就站在院子里看着他一趟一趟地挑土，煮好绿豆汤，给他端一碗。

　　于夫对我说，他不会送我鲜花，但是，要用心为我打造一个花园。

如今，院子的各个角落开满了鲜花，每个季节，都有花朵绽放枝头，吐露芬芳。

我知道，他在用自己的方式，好好地爱我。

我也爱你。永远。

解释一下
"于顾一家"

　　很多人觉得"于顾一家"没什么特别，只是我俩的姓氏硬凑在一起。其实，于夫从大理双廊离开时，问我要电话号码，我说我姓顾，他马上说，于顾五百年前是一家。当时我觉得，这一定是他编造的，适用于任何一个女生的姓氏。后来才知道，他从不说谎，于和顾，真的是从一个姓氏中分支出来的，就像电视剧《芈月传》里讲的，"白"这个姓氏，就是从"芈"里面分支出来的。更玄的是，当初他在东北，遇到一个易经老师，那老师也姓顾，不知道是不是因为泄露了太多天机，所以已经不能行走，骨骼弯曲。那个老师算出于夫爸爸即将生病离世，连辞世的时间，都算得准准的。父亲辞世后，于夫在家守了妈妈一年，觉得自己还是属于外面的，于是在离开东北时，又去请教那个易经大师，那位老师手指一点，让于夫往西南方向去。于夫又问姻缘，那位顾老师思忖一下，说："2015 年，在西南方，你会遇见一个姓顾的姑娘。"我们是在 2015 年大年初二认识的，一切，都有种说不清道不明的缘分。

很多人听到这一段儿，都会瞪大眼睛，然后追问我们那个易经老师的下落。甚至有人听说了这个故事，在微博上私信我，说他也三十好几了，至今生活不幸福，没有合适的对象结婚，想去找那个老师算一算。我们不知道那个老师如今的下落，也不想再去寻找。也许，这一切都是巧合，我说不清楚，但是我清楚地知道，如果把人生都依赖于算命，要靠大师指点着才知道该干什么，该去哪里，那么，你终究找不到答案。我和于夫已经遇到了彼此，没有更多的奢求，也没有什么想知道的，未来，就在那里，认真地过好每一天，走过去，自然看得到。

登记
结婚

　　决定了要在一起，我们就回哈尔滨登记注册。本以为于夫这样桀骜不驯的人，浪迹天涯几十载，婚姻对于他来说，太遥远，是个束缚。但是没想到，他亲口说出那样的话，要和我去登记注册，成为夫妻。那一刻，内心是满满的感动，我知道这个承诺对于他的分量，一句话，就是一辈子。在他心中，没有什么比家庭更重要。

　　如果你去过于夫的家，见过他的家人们，你就会知道，在那样一个温暖的大家庭里长大的他，是多么的幸福感恩。我坐在家人之中，听他们用浓重的哈尔滨口音聊天、开玩笑，止不住地乐，跟看喜剧小品一样前仰后合。于是我更加笃定：在这样的家庭中长大的于夫，懂得爱，会好好珍惜。

婚礼

简单，是我和于夫一直追求的生活方式。2015 年 10 月 10 号，他给了我一个如此梦幻的婚礼，心存感激。

小小的远归，那一日，被大红的喜字和气球装扮得格外漂亮，院子中间的花池台子上面，摆满了朋友带来的啤酒、红酒。我和几个朋友一起动手做了水果沙拉、肉松三明治，东北老家邮寄来的大兴安岭的木耳，哈尔滨红肠、干肠也端上了桌，配着酱油芥末，特别受欢迎。

我们本是平凡的人，遵循内心最真实的想法，过自己想要的生活。我们，能够遇到彼此，是幸运的。至今，我仍要感谢那天，他走进我的生活。

没有婚纱，没有钻戒，没有奢华的婚礼，但是，我知道，我们的心是彼此贴近的，此生，都不会分开。我们深爱对方，也格外珍

世界那么大，我想去看看

惜能够在这样大的世界里彼此相遇。我们不注重形式化的东西，那些是做给别人看的，幸不幸福，只有自己知道。

结婚前一天，朋友开玩笑地说："顾老师，今晚你应该住在一个酒店，明天一早，让于夫捧着鲜花去接你，让他找婚鞋、给红包，好好难为难为他，再让他把你接回来。"我说不，我才不要为难于夫，我就这一个亲老公，万一他烦了，转身走了怎么办？而且我家就是开客栈的，有那么多房间，干吗要花钱去住酒店？

那天，阳光正好，远归的院子里熙熙攘攘，好不热闹。邻居们闻讯赶来，大家吃着喝着唱着聊着，从上午十点十分，一直持续到晚饭后。邻居大妈端着装满三明治、水果的盘子，说，我家小孙子今天上学去了，我能带回去让孩子尝尝吗？这些东西我们这里吃不到。我们就说，好啊，多拿一些。老人们开心地端着装满美食的盘子回家，爱，就应该分享。

看到一则有趣的新闻，标题就叫作"黄晓明奢华婚礼弱爆了，郑州'辞职看世界'女老师今天婚礼现场是这样的……"。我无意与他人比较，每个人都有选择自己生活方式的权利，无论别人的奢华，还是我的简单，都是自己的选择，没有好坏之分。只要你觉得自己开心幸福，那才是最重要的。人家结婚，选择隆重的仪式，只要花的是自己的钱，谁都没权利去指责。

七月六号，我和于夫在哈尔滨领完结婚证，他带我去著名的中央大街溜达。我俩舔着"马迭尔"冰棍儿，经过一家珠宝行。于夫停下来说，要不，我给你买个戒指吧？说完，就拉着我进去了。我俩看了看钻石戒指，几千上万的，就那么小小的一个。我说算了。于夫又把我拉到铂金专柜，让我挑。我看了看价钱，还是摇头。我说，拿那么多钱买个戒指，太不值了，不如拿着去旅行。于是我俩牵着手开心地走出那家店，于夫说，等咱们回街子古镇，我找人定制两个银戒指，里面刻上咱俩的名字。我开心地笑，这才是我想要的，无所谓金银铜铁，重要的是我俩在一起，赋予的意义，才更关键。

陆续收到全国各地看到我们新婚消息的人们打来的祝福电话，内心暖暖。我们不作秀，不标榜自己有多高尚，我们，只是真实地做自己，真诚地对待身边的朋友。来到街子古镇几个月的时间，我们结识了一群好友，他们简单、真挚、热情、友善，他们主动帮我们筹备婚礼，布置小院，送来花篮、放鞭炮，举杯祝福我们。我想，了解我们的人，自然知道我们的为人，那些网上的非议，只是因为，你没有走近我们，没有走近远归。

结婚那天，我们没有邀请任何媒体，只是他们在微信上看到我们要结婚的消息，互相通知着，自己赶来的。后来，关于我们的婚礼，有了很多新闻，记者拍下了我俩在院子里唱歌、喝酒、拥抱、接吻的画面。我唱了一首王菲的《传奇》，于夫搂着我的腰，在旁边泪流满面，比我还陶醉。不喜欢新闻的标题"辞职女教师成都大婚，无仪式，无婚戒，无家人"。前两个是真的，我们接受，但是"无家人"这句话，似乎有意透露着某种错误信息，误导大家认为我们的结合没有收到家人的祝福，家人是反对的。我妈看了新闻，打电话对我说，记者真是的，干吗那么写？

我和于夫从未改过初心，有着自己的坚持。那段时间参加了一个网上评选的"成都最魅老板（娘）"活动，本来是好奇参与的，但是后来接到电话，说是我的票数没有进入前三名，不过可以花钱帮助自己投票。我笑了，厉声拒绝。我不会弄虚作假，为了所谓的第一名，失去自己做人的准则，即使奖品再诱人，也不会失去本心。

不忘初心

以前当老师时发言，结束时曾说过一句话："不因走得太远，而忘记了当初为何出发。"的确，我们有时因为外界的繁杂，渐渐在前行的路上忘记了出发的原因，迷失在半路上。所以，始终相信："不忘初心，方得始终。"

有人看到我开了客栈，结了婚，又开始当老师，担任旅行体验师，他们有些失望，说"说好的看世界""说好的情怀"呢？我想，这并不矛盾。首先，辞职是我的个人行为，我并没有和任何人说好，所谓的"情怀"和"看世界"，是大家赋予我的。我感谢大家对我的信任，世界，是要去看的，只是要先有了根，把客栈做好，然后再出发。其次，到现在为止，我没有为任何一个企业或者产品代言，那些新闻，只是记者为了吸人眼球，自己加上去的，如果你认真看，会发现，我只做了几件事：一、手写字体录入方正字库，和徐静蕾的静蕾体一样，成为可供选择的电脑输入字体；二、加入O2O平台，作为独立教师，重新走上讲台，继续从事心理学教育工作；三、和雅安"茶马古城"合作，逐步推广远归客栈连锁店，由于夫带队自驾穿行川藏线和南丝绸之路。

　　我选择做事的标准有三个，那就是：我喜欢的事、能做好的事、有价值的事。辞职信刚刚被爆出的那段时间，全世界似乎都在找寻我，无数的企业、景区隔空喊话，邀请我去看看，甚至有某岛国总理发出邀请函，诚挚地邀请我去旅行，以此为契机，让更多中国人去那个国家旅游。某个地方的女市长，甚至找了全市各行各业的人拍了一个 MV，让我一定去看看。某知名旅游节目，请我去做旅行体验师，我喜欢那个节目，看了很多年，成为他们节目的旅行体验师是我多年的梦想，我曾经真的给他们节目写过求职信，但是没有消息。如今，他们向我发出邀请，我知道，他们要的，是我那刻的光环，跟我这个人本身没有太大关系，我做得好或不好，有没有能力，都不重要，重要的是我的出现。我想了一个晚上，觉得就我这样的性格，如果答应了，也许，我在节目中讲的话，都不能遵循自己的内心，只能按照导演的要求和剧本去背诵，那不是我想说的想做的，我不要。最出格的是，有一个网络游戏，找了一大堆赤裸上身的外国肌肉男，举着牌子在街上找寻呼喊我，让我去代言，给我年薪百万。朋友把这个新闻发给我的时候，我只是笑。朋友说："年薪百万啊，可以去啊。"我做了十一年的老师，见到过太多因为沉迷网络游戏上瘾的孩子，他们待在黑漆漆的网吧，饿了吃泡面，困了趴在键盘上眯一会儿。那么多父母流着眼泪希望我可以帮助他们改变孩子。如今，网络游戏邀请我，别说年薪百万，即使是一个亿，我也不会动心。别人怎么代言我不管，那是他们的自由，但是这样的事，我不会做。

有人说我轴，太执拗，不够灵活。我想，这才是真实的我，不随波逐流，有着自己对世界的理解，坚守底线，绝不妥协。有人看到我又出来做事情，就开始撇嘴，说我没有情怀。我不是圣人，我也需要吃饭，还要去旅行，即使没有因为这个辞职信走红，我也还是要找一份工作，继续支撑自己去旅行的。但是我挣该挣的钱，吃自己的饭，心安理得。

一月份时和于夫去北京参加一档节目的录制，有点儿像《超级演说家》，给我十分钟讲述自己的故事，然后，嘉宾提问。三个嘉宾，我只认识一个，也是我们心理学圈儿的大腕儿，雷鸣老师。他们问我，为什么从未在节目中出现，而这次答应出镜？我说，关于我们，有太多的猜测，我想站出来，让大家知道真实的顾少强是什么样的，让那些猜测都歇歇吧。嘉宾又问我，客栈的生意如何？我说，街子古镇是有季节性特色的旅游区，半年忙半年闲，现在是淡季，有时，可能一天也走不进来一个客人。那嘉宾又问，那你怎么不想想办法，让淡季不淡呢？我问他，为什么非要让淡季不淡呢？他说，那样，你就可以多赚点儿钱。我又问他，为什么非要多赚点儿钱呢？观众听了开始鼓掌，雷鸣老师哈哈大笑，说，顾老师，你不要和一个商人谈情怀，他不会懂，我知道，这样你才有时间和于夫一起去旅行。

曾经看过一个故事：一个人在海边悠然自得地钓鱼，一个商人经过，对他说："你应该买一艘船，去大海上捕鱼，那样，你就能捕到更多的鱼，赚更多的钱。"渔夫问商人："赚钱以后呢？"商人说："那你就可以去做自己喜欢的事情了啊！"渔夫笑着说："我不是正在做自己喜欢的事情吗？为什么要绕一个大圈去实现这个简单的梦想呢？"

我们，不也正过着单纯美好的生活吗？还期盼什么呢？

幸福的
劳动改造

　　以前的我，从未下过厨房，是一个连烧壶开水都嫌慢的主儿。一次，和几个同事去酒吧，我说，我喜欢这样的聚会，几个女人，彻夜聊天，直到天亮。旁边的同事却说，我最喜欢在灶台前掂大勺的生活。当时，我就觉得她的回答极煞风景。那时的我想，我这辈子都不可能走进厨房，过那种整日柴米油盐酱醋茶的平凡日子。

　　可是如今，我和于夫一起生活，开始尝试买菜做饭。有人问我，街子的物价贵吗？我说还好吧，因为我不知道菜应该是什么价格。如今去菜市场，已经分得清葱和蒜苗了，虽然有些菜还要靠问老板才知道是什么，但是，我已经开始认真生活。

　　起初学做饭，是因为于夫不让我吃零食，那些垃圾食品，我吃了半辈子，没有任何鉴别能力，喝过的可乐都可以充满一个大游泳池。可是和于夫在一起，他不再让我吃那些东西，什么饮料、薯片、方便面、饼干，全部离我而去，我开始健康地生活。半年下来，我没有节食，正常吃饭，甚至比平时吃得还要准时还要多，反而瘦了十斤，这，都是不吃零食不喝饮料的功劳。为了能吃到喜欢的东西，我就开始从网上查菜谱，把手机放在灶台旁边，一步一步地学着做。我一直觉得自己在厨艺方面是没有天分的，可是经过几次的尝试，竟然都按照网上的菜谱，做得有模有样，至少也是及格的分数。

学习做小熊维尼造型的三明治和自制薯条，于是朋友们的孩子每天盼望着放学后能来远归的院子，喝一杯自榨果汁，然后，舔着沾满番茄酱的薯条吃下午茶。我喜欢和孩子们在一起，喜欢看他们兴高采烈地大快朵颐，想象着将来，做给我和于夫的孩子吃。

现在的我，可以轻松张罗一大桌子菜，在厨房挥舞着大刀剁整只鸡，会包饺子、蒸窝头、擀面条。静下心来，用心做好每一道菜，味道还都不错。我对于夫说，以后，我就在远归客栈里开个"顾氏私房菜"吧，一天一桌，我自己亲自下厨，集合川菜、豫菜、东北菜。于夫笑着点头，他知道我这个"百度小厨娘"已经不可小觑。

于夫的厨艺比我好太多，从他切菜的"当当"声，和擀饺子皮儿那娴熟的动作，可以看出来，这些年他一个人在外面漂泊，是怎样过来的。他不是养尊处优的孩子，从小就学会独立与坚强，知道一个男人应该顶天立地，什么事情都扛得起。我就是喜欢他这一点，喜欢他的坚持，坚韧，是条汉子。

于夫说，等咱们老了，就开一家小酒馆，里面只有六个菜，一天只供应六桌，来了不能点菜，只按那个标准上菜。现在，他的拿手菜酱焖鲫鱼、酸菜汆白肉、红烧排骨已经可以列入菜谱了，再加上我的"顾氏花生米"，凑够四个了。接下来的二十年，我们再练好两个菜，就齐活了。想象着将来的老年生活，他掌勺，我烫着小酒，和三五好友聚在一起，吃着聊着。只是想想，就觉得无限美好。

结束了一天的生活，回到房间，用姜片泡着脚，我问于夫："你觉得幸福吗？"他说："你呢？"我说："幸福啊！"他笑了："你幸福我就幸福。"

这是个不会甜言蜜语的男人，却是我最深爱的男人。

肆

我 的 成 长

Part Four

心理学有理论说，童年的时光，是一个人一生最重要的时刻，会影响人的一生。那时的游戏、快乐，会让一个人健康成长。今后，我也要让我们的孩子，在小镇长大，与山水相伴，和自然在一起，用姥姥教会我的最朴素的道理，去陪伴他们长大。

世界那么大，我想去看看

我的
出生

我出生在一个极其普通的家庭。

记得当初辞职后一个人在重庆逛瓷器口古镇，接到一个电话，说是她受人委托联系我，一群清华早些年的毕业生，当年也是英姿飒爽，如今人到中年，事业有成，希望无条件资助我环游世界。我笑说："谢谢！不用了。我的这点儿钱还可以继续往前走，不需要资助。"那个女生说："不好意思，恕我冒昧，想问一下，你不要资助，是因为你是富二代、官二代吗？"我说："真的不是，如果我告诉你，我出门时只带了一万一千元，你觉得我是在骗你吗？"

前段时间在远归客栈的院子里放露天电影《岁月神偷》，再次把我拉回童年那个大杂院。五六户人家，几十口人，聚集在一起，每日柴米油盐，琐碎而平实的生活。每天傍晚，男人们端着饭碗，抽着烟，拿着报纸；女人们洗衣晾晒，织毛衣，补袜子；孩子们在拥挤的过道上追逐奔跑，额头上满是细密的汗珠，哪怕在寒冷的冬日，头发也湿漉漉地贴在脸上。空气里弥漫着茉莉花的香味，厨房里传出嗞嗞的炒菜的声音，收音机里播放着无人关心的新闻。

我曾无数次在梦中回到那个生活了十三年的院子。记忆中满是这些支离破碎的记忆片段，以及无数张熟悉的面孔。我喜欢躺在床上看天花板，那是旧时的简陋的天花板，用粗而细密的竹条编成，日子久了，生出各种颜色。于是，我便躺在宽大的床上，用力去想象成各种图案或者人物。有时想到了可怕的形象，害怕得用被子蒙住头，躲在被窝里不敢下床，用带着哭腔的声音喊姥姥。

母亲说，家里那台17吋的黑白电视机，是我父亲自己组装的。我爸是个聪明踏实的人，自学无线电，和我妈初识，就大方地送了一台自己组装的收音机。他用爷爷奶奶给的生活费，买各种材料和书籍，然后啃馒头。可以想象，那时，还是少女的母亲，是如何被这样的男子打动的。这似乎也影响着我对于异性的想象：高大、沉稳、智慧，言语不多却有极其强大的内心。

经常想象父母的爱情是怎样的。那时，母亲在农村下放，每天在田间地头劳作，大冬天，渴了喝冰凉的井水，肚子痛，身上还起了好多红疙瘩，又疼又痒，受了不少罪。舅舅找到招工单位的领导，一个高高瘦瘦年轻的小伙子。舅舅说："大家都回城了，我妹妹还在乡下，你能把她招回来吗？"于是，舅舅骑着二八大自行车，带着那个年轻人，在泥泞的乡路上艰难前行。那年轻人说："大哥，你下来，我们轮流骑吧。"就这样，他见到了我的母亲，干净利落的剪发头姑娘，然后，恋爱、结婚。后来姥姥得了病，需要用甲鱼做药引子。市场上买不到，父亲就跑到郊区的水塘边，一蹲就是一天，拎着甲鱼回家。母亲看到父亲背上脏兮兮的，用手轻轻一抹，竟然是晒掉的皮。父亲离世的时候，姐姐才五岁半，我只差一个月还未出世，母亲几次哭昏抢救，姥姥因此受刺激得了偏瘫，许久才痊愈，把我们母女三人接回来，咬牙硬撑着整个家庭。

《岁月神偷》里，鞋匠罗一家也是过着普通的生活。鞋店的招牌坏了，"鞋"字没有了左半边。罗鞋匠说，"鞋"字半边"难"，而妻子却说，"鞋"字半边"佳"。他亲手给妻子做鞋子，认真地帮她穿在脚上。穿着新鞋子的妻子，拎着饭菜去医院看护大儿子，眼睛里满是泪水，嘴里念叨着：一步难，一步佳，难一步，佳一步，难又一步，佳又一步，日子总要信，总要过。最好的时光里过着苦大于甜的生活。岁月慢慢地偷走了所有珍宝——记忆、健康，甚至生命，但是，却偷不走温暖的亲情。

我们家普通得不能再普通，是地道的郑州人。家里对孩子的教育没什么大道理，都是最浅显最朴素的、做人最根本的东西。姥姥在世时，经常说，以前家里条件不好，过年了，别人家放鞭炮、吃肉，她就把门锁起来，孩子们都在家吃白菜，不准出门。从小学的就是规矩：吃饭要等人齐了才能动筷子；夹菜不能挑来拣去，不能专拣自己喜欢吃的吃，夹中哪块就要夹起来吃掉；不能敲碗筷、不能把筷子插在碗里；不能剩饭菜，不能发出响声；坐有坐相，站有站相，不能抖动腿，俗话说"树摇叶落，人摇福薄"；外出必须请示家长，同意了才可以出门……

最普通的家庭，却有最为严苛的家教。

至今，我仍感谢儿时家人的教育，尤其是学了心理学后，懂得，一个人的行为习惯养成，是多么的重要。

家里的教育一直开放但是严苛，给孩子们足够的空间，又极有规矩。听表哥表姐说过，一次，家里的孩子们在吃姥姥做的美食，邻居家的孩子看到了眼馋，主动拿饼干来换。那时，饼干算得上稀罕物，哥哥姐姐们答应了交换，各自心满意足地继续吃着。后来，那家孩子的母亲闹上门来，非说是我们骗了她孩子的饼干。舅舅大怒，却也没有说什么，只是到商店买来一堆饼干，每个孩子面前放一堆，不吃完不准动。哥哥姐姐们是哭着吃完饼干的，自此之后，每个孩子都记得，不能占别人便宜。

我不擅长打牌，大学时才勉强学会一点点。那是因为家人觉得扑克和麻将会和赌博联系在一起，从小家里就没有买过，也不准打。家里刚买录像机那会儿，录像带特别少，都是互相借着看。记得有一次大表姐好不容易借来两盘录像带，封面上也没写太多介绍，全家孩子挤在电视机前面等着看。谁知片头一开始，就是一群女囚犯排队接受检查，慢慢脱衣服。我们还没反应过来，恰巧经过的舅舅就冲进屋子，一下把电视机关掉，然后把大表姐怒斥了一番，说她带着弟弟妹妹们不学好。那次，舅舅骂得很凶，大表姐哭得很厉害，从此所有孩子都深深记住，非礼勿视。现在想想，我之所以成为今天的我，和儿时的家庭教育有着密不可分的关系。没有多高文化的家庭，却用最朴素的人生哲学，教育子女，成为真人。

辞职后，我一度销声匿迹，任各大媒体如何想方设法，都遍寻不着。那时，我的任何一个朋友、亲密的同事，只须透露一点儿行踪，我就会被曝光于镜头下。可是，没有一个人站出来对媒体说出我的去向，反而对锲而不舍的记者们说，不要找她了，快点儿让事情过去。他们只是关心我未来的生活，会不会过上幸福日子。我想，这就是平日里我们的相处，真诚、善良。

心理学有理论说，童年的时光，是一个人一生最重要的时刻，会影响人的一生。那时的游戏、快乐，会让一个人健康成长。今后，我也要让我们的孩子，在小镇长大，与山水相伴，和自然在一起，用姥姥教会我的最朴素的道理，去陪伴他们长大。

姥姥

　　我从小是跟着姥姥长大的，家人们都开玩笑地说，我像是我姥姥的老闺女一样，全家，她最疼我。

　　姥姥不识字，但是她可以每天晚上睡觉前给我讲好多故事，大多都是围绕着小姐公子之类的爱情故事，跌宕起伏，绘声绘色。那些故事，都是她从戏曲里听来的，然后去掉唱腔、旋律，直接捞出稠的，给我最高品质的营养。

　　姥姥以前是油漆家具厂的工人，每天天不亮就动身去上班。她说，做好了全家孩子的饭，然后揣上个馒头，趁着月色就开始走路。家离上班的地方有些距离，姥姥不得不这么早动身，那么多年，她没有迟到过一回。走一段，累了，饿了，她就坐在路边，啃几口馒头，喝几口水。她非常认真地说，曾经看到过一群身高一米的小人儿，排着队，从她身边不远处走过，然后，消失在草丛中。我听时，吓得用被子蒙住头，大气不敢出。

从姥姥的照片中可以看出，年轻时，她是个漂亮的姑娘。姥姥说，她那时两条大辫子油光水亮，荡秋千时，长长的辫子扫着地，尘土飞扬。我边听，边想象着那个场景：一个年轻女子，瘦弱，勇敢，把秋千荡得高高的，骄傲的身影在阳光里闪着耀眼的光，留下长长的影子。

　　为了照顾我，姥姥五十岁就提前退休，每天起床就问我，今天想去哪儿玩儿。我小嘴轻轻一张，小手一指，姥姥就推着藤子做的小推车，带我去各种公园。为了补贴家用，姥姥后来跟邻居学做鞋垫儿，搬来了姨妈家的缝纫机，学着踩。每天我就看到姥姥在院子里的小凳子上，用熬得黏稠的浆糊把大大的布片一层一层粘起来，然后贴在院子里的墙壁上。等到全部晒干，再揭下来，照着各种尺寸的鞋垫剪下来，最后，踩着缝纫机一圈一圈匝牢固。姥姥不识字，所以，不会写鞋垫儿样板上的数字，我就趴在桌子上，认真地教她从0写到9。现在还记得，最难写的就是2，姥姥写得歪七扭八，然后，她自己看着哈哈笑。教姥姥做鞋垫的那个奶奶说，里面没人看到，可以加一些硬纸片什么的降低成本，可是姥姥坚持用布片，她这一辈子，从没坑害过任何人，做事对得起自己的良心。

　　几乎每个星期，我都跟在姥姥后面，看她拎着用被单包裹好的一大包做好的鞋垫儿，送到另外一个奶奶家，然后换了钱回来，给我买各种好吃的：香脆的夹着番茄酱的鸡蛋饼、米花球、桃子味汽水、拽拽糖、无花果干……姥姥那双灵巧的手，变戏法儿似的，通过自己的辛勤付出，给我的童年带来无限美好的回忆。

舅舅一直不希望姥姥做鞋垫儿，害怕她太劳累。一次借着酒劲儿，喊里喀喳，竟然把缝纫机给砸了。姥姥在旁边看着，什么也没说，第二天，找了工人，重新修好，家里继续传出有节奏的"哒哒"声。

一直到姥姥七十多岁临终前，她还在每天做鞋垫儿。姥姥去世后，家里那台缝纫机就再也没有响过。剩下的大堆的布片，送给了那个邻居奶奶，剩下的做好的一大包鞋垫儿，分给了儿女子孙。我家现在还保存着姥姥做的鞋垫儿，规整的布料、光滑的边缘、整齐的针脚。

渐渐地，我长大了，每次周末回姥姥家，就接过妈妈的班，端洗脚水给她洗脚、剪指甲。姥姥的脚是缠过小脚的，几个脚趾佝偻着弯曲到脚底。后来虽然放开脚，但是已经变形。这样的脚趾，很难剪指甲，每次，我都是费了好大的力气，掰开脚趾，才剪得干干净净。我甚至开始学着妈妈的样子，给姥姥剪头发，那种简单的齐耳短发，剪起来却不容易，尤其是脖子上的发尾，还要刮干净。妈妈说，剪得像狗啃似的，难看死了。姥姥却在旁边笑，说："挺好挺好。"每次离开，姥姥都要用头抵着我的头，用手摩挲我的脸，叨念着："又要走了，又要走了，远得连屁也闻不着了。"妈妈总说，姥姥这句话真是不好听，可是，我却能听出她对我的那份不舍。

这辈子，我都忘不了姥姥站在阳光下，对着我微笑的样子。

我爸

很多人好奇，为什么好端端的一个女人，却取了个如此硬气十足的男人名字。

我赶上了国家执行计划生育前的最后一班车，非常幸运。我姐姐比我大五岁半，已经达到国家要求的间隔，就有工作人员上门问我爸妈还要不要再生一个。我妈每日带我姐，已经累得够呛，家里的老人也还没退休，不能帮忙带孩子，所以，我妈坚决不要二胎，见好就收。我爸却微笑着说，好的好的，再生一个。后来我爸怕我妈反悔，偷偷把准生证藏在了书里面。就是这样一藏，还差点儿出了大事。后来我出生后，全家人遍寻不着准生证，又赶上开始实行计划生育，有人怀疑我是超生的，后来翻箱倒柜，才从我爸的书里面找到那张纸，我的身份才光明正大。

我爸年轻有为，二十多岁就担任了厂长，带领着一个厂子大大小小的工人。认识我爸的人，曾经跟我描述过这个年轻男子：瘦高，黑黑的，话不多，聪明至极，待人和善，吃苦耐劳。所有美好的词汇，似乎都可以用来形容他。

爸爸是爷爷的长子，虽然一直做得很好，可是爷爷严格要求，从来没有表扬过爸爸，总是在谈心的最后，勉励他不要骄傲，继续努力。以至于在爸爸过世后，爷爷落寞地说："他一直那么出色，可是我都没有夸奖过他。"

爸爸为人和善，谁家的无线电坏了，都来找他帮忙修理。有时，一修就是好久，爸爸把机器抱回家，修到深夜。我妈有点儿不高兴，就唠叨："总是帮别人，也不收钱，搞得自己那么累，图什么？"我爸总是笑，手里依然不停，直到把机器修好，还给人家。

我妈怀上我几个月，到医院做检查、找人算命，都说我是个男孩儿，我爸就乐，一儿一女，凑一个"好"字，人生圆满。一天，我妈在洗衣服，我姐和我爸在屋里玩儿，忽然姐姐大喊："妈，我弟有名字了！"我妈冲掉手上的肥皂沫子，问："叫什么？"我姐说："少强。"我妈一脸嫌弃地回到水池子旁边继续洗衣服，嘴里叨叨着："什么名字，难听死了！"我爸还是笑，不解释也不反驳。

一次，厂里的宣传黑板报刚写好，被一个老工人刚接班的儿子给涂画得一塌糊涂。美工来找我爸评理，说这是破坏行为，气愤难平。我爸安抚那个美工叔叔，然后把那个男孩儿叫过来，让他道个歉。

二十几岁的男子，年轻气盛，死活不认错，我爸就让他回家想几天。后来，那个男孩儿越想越生气，揣了一把刀早早地躲在单位，想报复那个告状的美工。谁知恰巧美工和我爸出差，因为事情耽搁没按时回来，我爸刚走进单位，那个男孩儿就冲了出来，颤抖着双手一刀捅在了我爸肚子上。

那天，是1980年9月2号，我姐刚上小学，早晨，我妈做了早饭，我爸给我姐买了新书包和文具，还把我姐送到学校。

我妈说，距离我出生只有一个月了，当时所有人都瞒着她，只是含糊其辞地说我爸受了点儿伤，在医院治疗，让她回家给我爸拿些换洗衣服。后来听别人讲，那一刀，扎在了我爸的肝脏上面，由于我爸第一个去单位，没人在，他就自己捂着肚子艰难地走到医院，肠子都出来了。那天，他穿着我妈给他洗得干干净净、熨烫得整整齐齐的白衬衣。

抢救了没多久，我爸就离开了。那一刀，扎得太深，失血过多，医院无能为力。我妈知道我爸辞世的消息，哭昏了好多次，一哭就胎位顶心，送到医院抢救。后来，大家劝她，为了我这个还没出世的孩子也要抑制悲伤，因为，我是我爸留给她的生命。

我很难想象，一个即将临盆的女子，是如何忍住丧夫的悲伤的。那是一种毫无征兆、撕心裂肺、铺天盖地的绝望。那年，我姐才六岁，我妈三十岁。

后来，那个行凶的男子被审判，执行死刑。他万分悔恨，一直嘟囔着："顾厂长是好人，我只是当时红了眼，脑袋发热，我对不起他们家人。"我爸的追悼会，据说场面很大，认识我爸的人、被我爸帮助过的人，失声痛哭，纷纷赶来送他。

当时政府说要追认我爸为烈士，我妈没要。人都没了，什么名头都是空的。

一个月后，我出生了，虽然不是预期的男孩儿，可是我妈却视若珍宝。我妈说，我这种孩子叫作"遗腹子"，这辈子，日子过得再好，就是这一点，她永远也给我弥补不了。所以，即使是女孩儿，我妈还是坚持给我用我爸取的那个名字"少强"——少年强则国强，我知道我爸对我的殷切期望，这是他留给我的唯一的礼物。

幼时我极不喜欢这个名字，尤其和姐姐那浪漫无比的名字比较起来，我的名字显得生硬，像一个武士。而且，这个名字，给我的学生生涯带来太多的尴尬：初入大学时，兴奋无比，拖着行李在宿舍楼内跑上跑下寻找贴有我名字的床铺，可是急了一头汗，还是没找到，只好回到报名处。一个同样来报到的男生，听到我说话，抬头看了我一眼，告诉我别找了，我是他的上铺。大学英语课，老师布置的课后作业，很少有人做。那天，提问了五六个女同学，都蔫头耷脑，默不作声。老师来了脾气，看了看点名册，说，下面我们请一个男同学来作答。我被点了起来，虽然完成了作业，但是只能抱歉地对老师说，对不住您，我还是个女的，作业我是做了的，如果您不嫌弃，我就起来说说答案。工作后，三八妇女节全体女教师都领到了礼品，只有我没有，找到工会主席，才发现因为名字太硬气被遗漏掉了。

我曾经做过一个半睡半醒的梦，如投影一般，就在我床对面的墙壁上，一个带着雷锋帽穿着军大衣的男子对我说话。他的脸，发出耀眼的光芒。我不记得他对我说了什么，只是对那个画面记忆深刻，后来想想，也许，那就是我对我爸的幻想吧。

考大学时，记得高考语文的作文题目是"假如……可以移植"，我当时写的就是《假如记忆可以移植》，写的就是我爸。这个我未曾谋面的男子，却是我生命中最重要的人，他给了我生命，然后离开。我羡慕姐姐，可以有将近六年的时间是和我爸一起度过的，她曾经牵着我爸的手蹒跚学步，在我爸的怀里嬉闹，在我爸的背上骑大马，可以被我爸高高地举起。我没有这样的记忆，我对父亲的理解，只能通过别人的讲述，还有家里的一些老照片。姑姑说，我爸是这个世界上最优秀的男人，善良、勇敢、有责任、聪明、好学、肯吃苦。于是，我小小的脑袋里，满是对这个完美男人的想象，想象着，如果他还在世，还在我身边，陪伴着我和姐姐长大，会是什么样的场景。只是，一切都只能止于想象，事情发生了，就不能改变。

　　偶然在网上看到一段视频，标题上写着电影《剩者为王》老戏骨的一段精彩独白，一个父亲，深情讲述自己对女儿婚姻的看法："三十年前是她来了，才让我成为一个父亲，我也是希望她幸福，真真正正的幸福，能够结一场没有遗憾的婚姻，我可以把她的手无怨无悔地放在另外一个男人的手里，才不至于后悔，我当初怎么就这么把她送走了。爱情和婚姻不是百分百对等的，对她来说，就像她坚持了很久很久的一个准则，作为一个父亲，我就应该和她一起去守护，只要她认定了，我就陪着她。她有时候受挫了，我就等她回来哭一场，如果她忍着不哭，好，那我可以烧一桌好吃的。她不应该为父母结婚，她不应该到外面听到什么风言风语，听多了就想结婚。她应该想着跟自己喜欢的人白头偕老地结婚，昂首挺胸地，特别硬气地，憧憬地，好像赢了一样。有一天带着男方出现在我面前，指着他跟我说：'爸，我找到了，就这个人，我非他不嫁。'我觉着我都能想象得出那一幕，她比着胜利的手势让我跟她妈妈看，那表情多骄傲啊！你看我都真真切切地想到了，那我有什么理由不真真切切地等她实现？那天什么时候到来我不知道，但我会和她站在一起，因为我是她的父亲。她在我这里，只能幸福，别的不行。"

　　看完这个短片，我哭了。我想，如果爸爸还在，也会这样理解我，懂我，安慰我，支持我，直到我找到真正的幸福。如今，我真的找到了这个人，只是，不能带到他的面前，同样昂首挺胸地、特别硬气地、憧憬地、好像赢了一样地对他说："爸，我找到了，就是这个人，我爱他，我们结婚了。"

我的妈呀

　　我妈不属于那种贤妻良母的温柔女性，她性格外向，活泼开朗，动作麻利，思路敏捷。

　　年轻时，我妈也算是一枝花，虽然她从未这么觉得，一直觉得自己长相平凡，混迹于普通大众。但是近几年，和以前的同学、老同事聚会，大家追忆往事，对她的评价大多是"还那么漂亮"。我妈听了很吃惊，不敢相信自己的耳朵，到了六十多岁，才知道自己原来一直还挺漂亮。

　　我妈曾给我和姐姐讲过她的童年，体育健将，每天假小子般和小伙伴玩儿双杠，从一头倏地一下就冲到对面，回回胜出。我妈打小特别爱干净，姥姥给她买了白色的塑料凉鞋，她特别爱惜。一到课间，她就拿着小刷子跑到水龙头旁边，把鞋帮、鞋底刷得干干净净。我妈还爱唱，样板儿戏唱得有模有样，越剧更是了得，最初我听越剧，就是受我妈影响。上次全家人去绍兴，去沈园的路上，我和妈妈一

✳ 敦煌莫高窟

依稀间，

有流沙起自岁月的深处。

✳ 2015《网易有态度人物盛典》

往昔何须回首？

恍惚之间，又登讲台。

背后天朗气清，

心中惠风和畅。

＊ 参加央视《开门大吉》

✳ 淡定的童哥

让我想起柬埔寨的那个男孩。

如果有巨蟒，定不在话下。

❋ 和妈妈游西湖

梦好，

醒也好。

❋ 我们仨

谁说岁月不居？

一切还如当年。

✳ 我的千层底儿

新的。

走过远路的脚，

愿为一个人停下。

长发及腰，
执手正好。

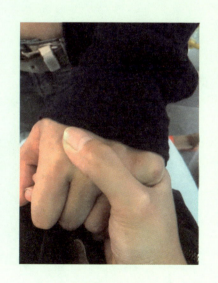

＊ 我们

＊ 乌镇的阮老爷子
带我去乡下

＊ 乌镇傅叔叔

起唱越剧《红楼梦》，一段又一段，踩着石板路，一路高歌。

有点儿洁癖的我妈，如今在家没事儿就做卫生。她脾气急，做家务经常自己伤害自己。打扫卫生，她经常用奔跑的速度，但是由于场地有限，经常脚还没到，头就伸出去了，于是非常准确地撞在门框上，惨叫连连。可是揉两下，呱呱嘴就又继续奔跑去了，一点儿记性都没有。经常看到她身上青一块紫一块的，问起来，却无论如何都想不起来是如何负的伤，于是只能猜测是桌角还是凳子。

我家的地板，都是我妈趴在地上擦的，有时擦桌子下面，钻进去，就忘记了自己在桌子下面，直接站起身，然后，当然又是惨叫。我妈这种极爱自残的性格还能体现在刷牙洗脸上，我很难理解，这样没有技术含量的工作，她是如何做到伤害自己的。但是我妈很厉害，不放过任何一个可以伤害自己的机会，牙刷可以捣到嘴，洗脸可以戳到鼻孔，这着实令我佩服。

当年我外甥童哥刚满月，接回我家，孩子睡着了，我妈就自告奋勇地要求抱孩子进屋。走到卧室门口，她依然保持着横的抱姿，孩子的脑袋"咣"的一下就磕在了门框上，孩子疼醒了，哇哇大哭。我妈这才把身子转过来，侧着进屋，特别平静地嘴里叨叨着："忘了。"

我妈口才也好。记得小时候，别的小朋友因为"孤独一枝"而得到一副羽毛球拍，作为独生子女的奖励。我和我姐就在旁边翻着白眼儿互相挤兑，埋怨要是没有对方就是独生子女，就有玩具拿。依我妈的脾气，怎能忍受这样不公平的事情发生？于是苦口婆心地跟小朋友的妈妈商量："羽毛球是要两个人玩儿的，可是你家只有一个孩子，怎么办呢？……"最后，阿姨真诚地把羽毛球拍从小朋友手中无情地夺过来，送到我和姐姐面前，我们全家就开心地"发展体育运动，增强人民体质"去了。

我妈也特文艺，小时候记得妈妈房间里有一对会发光的音箱，每天用白色的蕾丝布盖着，用的时候，闪烁着光芒。那时候我妈喜欢听邓丽君、越剧，一整天，屋子里都是旋律，我跟着听，跟着学。

我妈穿着讲究，即使是在那特殊的 70 年代，家家户户每月的收入都差不多，只有几十块钱。可是我妈总能计划着花，从不借钱，却让日子过得红红火火。我妈带我姐去理发店烫了卷发，还是那种老式的烫头方法，烧得通红的火钳子夹着头发，发出"嗞啦"的声音，冒着白烟。如今想想那样的情景，我就觉得后背发凉：如果稍有不慎，掉的就不只是一撮头发了！我妈托人从上海买来衣料，全家人穿着最时髦的衣服、擦得发亮的皮鞋。现在家里还有一张我姐一头卷发，秀兰邓波式的发型，带着大大的蛤蟆镜，两条腿交叉着站立，一手背在身后，另外一只手兰花指。我妈总说，看一个女人会不会过日子，就看她家人的皮鞋，如果皮鞋蒙灰，脏兮兮的，那这个女人就勤快不了。我家人的鞋子，总是光亮如新，几年过去，还是新买的模样。

我妈早年入党，是标准的共产党员，党性极强。我刚上大学，我妈就鼓励我好好学习，团结同学，多参加活动，争取早日入党。我也听话，大二那年就第一批入党。记得我妈带我和我姐去墓地看望我爸，无比郑重地告诉我爸："剑秋，咱们家都入党了，三个人，已经可以成立一个党支部了。"当时，我就在旁边笑，觉得我妈连这事儿都要跟我爸汇报。我大四那年，遇上了非典，全校封闭。我妈用近似文言文的笔风，给我写了一封信，要我听组织的话，严格遵守纪律，还要注意身体，多喝牛奶，加强营养。那是一个老党员对小党员的叮嘱。当时读信，我笑得前仰后合，如今看来，却意味深长。后来暑假"解禁"，我背着行李回家，看到我妈在家里的冰箱里储存了好多馒头。我妈说："馒头一块钱五个，花卷一块钱四个，我就买馒头，吃起来是一样的。"看着对我微笑的妈妈，当时我就哭了，想起自己在学校里乱买东西，随便花钱，我妈却在家啃馒头还要计算哪个便宜。

我妈爱看书，尤其是名人传记，以前上班的时候，一有空就是一杯茶、一本书，看完还给我讲。我断断续续听了好多故事，也跟着看。

我妈喜欢看电视剧，多年前刚流行韩剧，她能连续几个月看一部长达几百集的韩剧，看完还要给我讲，然后让我看，跟她谈体会。一直觉得我妈是中影公司派来我家审查片子的，不然，怎么能多年坚持，无怨无悔？一段时间看《冬季恋歌》，她迷恋裴勇俊，学着电视里的样子给我扎各种造型的围巾。后来喜欢权相佑，如今，喜欢贾乃亮。我妈今年六十五岁，依然每天精神抖擞，身体健康。

我家刚买电脑那会儿，妈妈为了弄明白怎么用，也不麻烦每天上班忙碌的我们，就自己报名参加了老年大学电脑班，一个月下来，什么高科技都会了。现在大家都用微信，我妈也开始研究，追着我们问如何操作。结婚那天，我妈和我视频，送来祝福，在家欢天喜地地祝我新婚快乐，百年好合。结婚，是两个人因为爱在一起，没必要拘泥于形式，我妈懂得这个道理，没责怪过我们没有隆重的仪式，反而赞同我们这样简单的婚礼。

全家人都热爱旅行，我妈当然也不例外。每到假期，我和姐姐都会带她出游，国内国外，山山水水：韩国、香港、澳门、厦门、三亚、杭州、北京、上海、绍兴、宜兴、扬州……年轻时，妈妈带着我们看世界，如今，我们带她去享受人生。

我妈眼神儿不好。自从我爸离世，我妈哭得视力急速下降。我家院里有个刘叔叔，我妈却每次都能大老远就认出他。刘叔叔长得仙风道骨，很像《封神榜》中的姜子牙。但是，也不是因为长得有特点才被我妈认出来的，一切，都是仰仗刘叔叔养的那条狗"皮皮"。那狗很有特色，沙皮狗，脸蛋儿胖得耷拉着，却力量奇大，经常可以看到一条狗在院子里东奔西跑，把主人拽得一路小跑儿趔趄连连。有时正和刘叔叔打着招呼，"早上好"的"好"字还没出口，刘叔叔就被皮皮无情地拽走了，奔向电线杆或者垃圾桶，留下我们站在原地默默摇头叹息。

一天，又在院子里碰到刘叔叔出来遛狗，出了院子我妈就在我身后叹息："唉！又是先认出狗才认出老刘的，以后，要是这皮皮死了，我可怎么认老刘啊？"

如今，我在微信公众号上写文章，有时在朋友圈里发文章，我妈都看不见，因为手机屏幕太小，她的眼神儿实在不好。于是每到深夜，她就打开ipad，在大一些的屏幕上认真地看我的文字。我妈说，现在你的文章写得越来越好了，刚开始写公众号那会儿，总是虎头蛇尾，感觉像是尿急草草收尾。我妈还说，她现在像是皇帝批奏章，每天都因为看我的文字要凌晨才睡，看完了还要附上一首打油诗点评一下，严重影响了她的睡眠。

母后，儿臣有罪。

神仙姐姐

　　我姐是个特别的人。长得瘦瘦小小，像是从琼瑶书里走出的江南女子，骨子里，却是条汉子。小时候，妈妈带姐姐去补牙，回到家，姐姐说："妈，刚才打麻药，护士的针从我舌头上穿过去了。"我妈听着就觉得疼，问她为什么当时不说。我姐平静地说："当时说了，还要拔出来，再扎一次，反正已经穿过舌头了。"从小姐姐就告诉我，遇到事情别哭，哭是最没用的表现，与其哭，不如冷静下来想一想该怎么办。

　　姐姐年轻时极其瘦弱，八十多斤的体重，腰围一尺六寸五，还没一个烩面碗的碗口大，骑着一辆大摩托。一次在碎石子铺的路上滑倒了，腿上蹭破了一大片，还有一些小石子留在破皮的伤口上。姐姐用尽力气把车扶起来，骑到单位，把腿放在水池上，拧开水龙头，哗哗一冲，就接着上班了。

　　小时候，我姐老是欺负我，每天能把我打哭好几回。我从小的愿望就是：有朝一日，能够与她抗衡。于是，我好好吃饭，终于长得和她差不多高了，姐姐也工作了，却不再欺负我了，对我很好，事事想起我，让我多年的抱负泡汤。后来看电影《天下无双》，里面有个饭馆的店主，受尽男女主角的欺负，发誓说要写一本书，叫作《与小霸王斗争五十年》。看到那里我就在笑，艺术真的是来源于生活而高于生活啊，那也是我当年的心声。

　　现在想想，小时候的事情真的挺逗：我和我姐在床上可以披着毛巾被做的袍子演出，一言不合，她可以飞起一脚，把我从床上踹到地上的纸箱子里，让我四脚朝天卡在箱子里面，哇哇大哭；我刚上学前班，她上六年级，我俩一个学校，她就派我大课间到校办工厂的面包房给她买面包，然后送到她的班级里，放在她桌上，挥挥手，就让我走开，一分钱也不给；她为了问我借零花钱，可以舰着脸管我叫"姐姐"，我开心得不得了，马上把所有积蓄给她，然后一个人傻呵呵地乐，我姐却买了好吃的在旁边大吃特吃；分零食这种好东西时，她就欺负我小，不识数，我一个，她一个，我一个，她两个，我一个，她全部，东西很快就分完了，我的一点点，她的一大堆，我还觉得万分公平；夏天炎热，姥姥买了整箱的汽水，给每个孩子发了自制的"汽水票"，凭票领取，不偏不倚。我们都万分珍惜，不到口渴难忍，都舍不得喝。我姐却"滋滋儿"地很快喝完，然后一脸可怜地对着姥姥说："我渴，想喝汽水儿。"姥姥心软，就给她一瓶。于是，在我们其他姐妹还攥着一堆"汽水票"的时候，她已经把那一箱汽水儿全喝完了，骄傲地对着我们怪笑，姥姥只能再买一箱；全家人一起吃姥姥做的麻辣小龙虾，我姐就要求挨着我坐，和我吃一个盘子里的。起初我没在意，总是先吃钳子，后来发现，掰下钳子的小龙虾总是神秘失踪，好几次之后才知道，是被她拿了去。于是后来我养成了习惯，吃麻辣小龙虾，一定先吃尾巴。这是和我姐多年斗争的经验总结，其中有太多血泪。

我们家都是天生的乐天派，家里人的交流方式，一般人刚开始听着接受不了，过段时间，听得多了，就觉得好玩儿。小时候，我姐曾问我："你知道为什么咱妈生了我，还要生你吗？"我说："一定是因为生了你，觉得失败，所以再生我，挽回损失。"我姐说："不对，应该是咱妈一个人照顾不了我，生了你，来伺候我。所以，快去给我倒水！"我妈说，我姐比我懒，老是使唤我，是个脖子上套张饼都懒得转圈的主儿。我姐却对我说："如果哪天咱妈出门，烙两个饼套在咱俩脖子上，那我一定选择坐在你身后。"我当时听了特别感动，说："姐，你是要保护我吗？"我姐说："你想多了，我只是吃完自己面前的饼，不用转饼，就可以直接啃你后面的饼。"其实我姐一点儿都不懒，工作时极其投入，考虑事情全面细致，做事尽善尽美。这也许就是我家人的特点：生活中乐趣无穷，工作时全力以赴。起初，于夫看到我和家人用微信聊天，互相挤兑，一句好话没有，他就批评我，说我怎么可以这样和家人讲话。时间久了，我给他解释，在我家，不动手就算是团结友爱了，我们就喜欢用这样开玩笑的方式交流，亲近、自然、平等。

以前，我和家人生活在同一个城市，离得也不远，但是长期保持着通信。我们喜欢用文字沟通，基本上一周一个回合，在如今这个时代，像我们这样做的人，估计没有了。离开家的时候，收拾东西，一大堆信件，都是家人写的。

记得多年前姐姐写给我的一封信，用戏谑的口吻写出她的梦想：

我一直觉得自己生错了年代，想当个女侠客，腰上佩着把剑叮叮当当地，头上扎条方巾，还系成"OK"形结，天天晚上飞檐走壁，踩塌了哪家屋檐都不用赔！舌头尖儿上永远有充足的水分，舔湿哪家窗户就站哪儿看热闹，最随我性格。没钱了，就逮一暴发户家吹管迷烟，卷巴点儿金银细软就走人，末了儿还在墙上留个血手印儿，在江湖上一传倍儿有面子！如果真生不好，长在了国外我也不挑了，我就学爱斯美来达，天天牵头羊满街跳舞，走哪儿都招摇过市。我还一定跟她一样打个脐环，上面好挂钥匙，晚上睡觉拴羊也行，跑不了。不知会不会也有人像卡西莫多一样痴迷于我，什么时候看我都流口水，跟"川"字儿似的！我还特羡慕吉普赛人，走大街上掰谁的手都行，那人还满脸期待的，编点儿什么都能糊口。看来者不善的，讲些吓唬他的话，就够他忐忑半年的了。碰上个英俊的主儿，就拉着他的手多焐会儿，过过干瘾。最好的是吉普赛人可以环佩叮当信步由缰，身上穿得长长短短，吃完饭擦嘴时，满身都是"心相印"。她们这么爱走，为什么就不会唱信天游呢？

任何时候，我家人都能保持极其乐观的精神面貌，开心地活着。这样的家庭教育，才使得我们每个人都能有自己的人生态度，为自己的人生负责。每个人，如果能把自己的生活过好了，就是对家人最大的爱了。很多人问我关于我妈将来养老的问题，觉得我一个人跑那么远，我妈怎么办？我想，离得其实不远，等我妈想来跟我一起生活了，就买张机票过来，跟我过。现在她们喜欢留在郑州，那就在那儿好了。

感谢我的家庭，我爱我的家人，以我自己的方式。

表哥

　　表哥是我家这一代中唯一的男孩儿，姨妈的儿子。因为我是老幺，从小表哥就喜欢逗我，经常把我逗得哇哇大哭，然后，姨妈就追出来，拎着表哥的衣服领子一把抓过来，拉到我面前，让我报仇。

　　但是，现在想想，对我影响极大的，还是这个喜欢捉弄我的表哥。

　　表哥教我拍洋牌，就是那种带人物的小卡片，一群小朋友每个人拿出一张，放在地上，轮到自己时，把自己的轻轻一折，五指并拢，手掌空心，哈一口气，用力一拍，翻过来的，就归自己。我哥在这方面极其厉害，于是，我得到他的真传，掌握角度、力道、方法，几乎百战百胜。

　　表哥大学里学的是美术，家里就开始摆放各种石膏像，都是那种肤色雪白、头发带卷儿的外国人。我不知道他们是谁，只知道我哥每天对着他们，拿着铅笔，画好几个钟头。后来，表哥学了油画，馒头就不只是用来吃的了，画画时还可以拿来擦画布。记得当时姥姥最喜欢的一幅画，就是表哥画的一个外国小孩儿，金发碧眼，极其圆润，身上穿着薄纱一样的衣服，很像当年的童星秀兰·邓波儿。姥姥说，这幅画好看，看，这孩子多喜庆多富态，再抱一条鱼，就是年画儿。

那段时间，我非常期盼周末时姨夫蹬着二八自行车来接我去他们家。因为姨妈搬进了楼房，上厕所再不用抓着卫生纸跑半条街了，而且我表哥，总能琢磨出一些好玩儿的东西。姨夫说，你来我家当我家的老三吧，我想都没想，当即答应。

表哥带我去动物园写生，我趴在笼子前看动物，他就拿着碳素钢笔在旁边画动物。我的脸蛋儿被笼子上的铁条硌出了两条深深的印记，表哥的画也画好了。画完猴子，回家我表哥就画我。我不答应，因为每次一坐下就是一两个小时。我表哥求我半天，又许诺了零食、糖果、羊肉串之类的，我才勉强同意，至今仍记得那张画像，贴在我的床头，一直到小学毕业。

到了冬天，表哥带我们全体姐妹去雪地里拍照。一群孩子在我们小学空旷的操场上疯跑，打着雪仗，互相追逐。现在还有一张老照片，雪球飞着，姐姐的辫子也飞着，一条腿腾空而起，背景是白茫茫的雪地。当时那样的老式相机，竟然可以清晰地抓拍出这样的瞬间。

拍完照，晚上回到家，表哥就带我躲在房间里冲洗照片。那个机器是姨夫在废品回收站花了一百多块钱买的，表哥修了修，就能用了。冲洗照片是我最喜欢的环节，有点儿像魔术：把灯泡蒙上红布，整个房间里瞬间变得神秘诡异。表哥摆好相纸，调好比例，放好底片和相纸，忽然打开刺眼的光，嘴里数着 1、2、3……几秒之后关灯，用镊子小心翼翼地夹起相纸，先泡在显影液里，然后，再泡到定影液里。我就在旁边跟屁虫似的围着看，看那张相纸慢慢变出影像，脸庞、身子渐渐出现。最后，用木头夹子夹起来晾晒在屋里的绳子上面。我觉得我表哥真棒，连这样的高科技都会。很多年后，我看电视剧《编辑部的故事》，里面的李冬宝也是这样冲洗照片。

表哥还会自己做扎染，一块布，在他手里，用细细的绳子缠绕，滴上烛液，放到染料里浸泡，然后，就是一幅美丽的图画。

表哥喜欢听歌，那时我接触的所有音乐，都是来自表哥的那台高级音响。他带我听迈克尔·杰克逊、郑钧、赵传、谭咏麟、吕方，一盘一盘的磁带，带来不同的曲风，可就是这些完全不是女生听的歌曲，对我的影响却极大。表哥还会弹吉他，自己弹着唱着，现在想起来，那是多么文艺的一幅画面啊。他甚至可以用吉他弹出古筝的声音，还会把小提琴拉出杀鸡的动静，在寂静的夜里，他吹箫，低沉而有力的声音穿破黑夜。

我感谢和表哥相处的那些时光，让我这样一个小女生，感受了一个文艺男青年的世界，从此对艺术心驰神往。后来长大后，我喜欢王菲，喜欢梵高，喜欢乐器，都是来自童年的那段经历。感谢表哥陪伴我成长，并且，为我开启了一扇不一样的门。

淡定的童哥

　　童哥是我亲姐姐的儿子，也就是我的亲外甥，出生于 2004 年。那时我大学即将毕业，没事就在家里陪着即将生产的姐姐，每天的任务就是拿着妈妈给的钱，打车带我姐四处去吃好吃的。那段时间，我姐特别爱吃西餐，于是，遵了母命，每天带她去吃披萨、意面、薯条、沙拉。我姐从八十多斤的窈窕淑女，最终成了一个低头看不见脚的胖子，其中就有我的功劳。

　　童哥出生在四月一日愚人节，当时姐姐发短信、打电话告诉身边的朋友、同事，没人相信。童哥虽然出生在愚人节，却极其聪明，自幼表现出不同凡人的独特气质。这，当然和家庭教育有关。

　　童哥还未满月时，有一日，我去看姐姐和宝贝，只见我姐盘着腿儿坐在床上，对着尚在襁褓中哇哇大哭的童哥，认真地说："不要哭，人要独立，不依附于别人，哭闹不解决任何问题。"当时我就傻眼了，不明白我姐对一个还未满月的孩子说这一席话，他能懂吗？

童哥从未因为要玩具、零食而胡闹过，撒泼打滚的事儿更是一次也没有。他学会的第一个成语就是"欲壑难填"，姐姐教他的，所以，带童哥去超市，即使你再鼓动他多选一些喜欢的，他也只会选一样，然后说，够了。

　　童哥上了幼儿园，第一个圣诞节，我准备了一个漂亮的圣诞树的蛋糕，拎到饭店送给他。我说："来的路上，我遇到了圣诞老人，他说，他知道我家有一个世界上最可爱的小男孩儿，让我把这个礼物带给你。"童哥眨了眨眼睛，认真地说："我们幼儿园老师说了，世界上根本没有圣诞老人，都是大人骗小孩儿的。"当时，我就特别想打那个老师一顿。每个人，在童年，都有幻想的权利，我们家长极力为孩子打造一个童话般的世界，老师却一语戳破，让孩子死心。如今，每个圣诞节，我依然坚持给童哥送礼物，即使他知道了圣诞节的秘密，但是再也没拆穿我，而是拆开礼物，开心地感谢我，表示很喜欢。

　　童哥五岁时，我带他去划船。宽广的水面，荡开阵阵涟漪。我想和他谈谈人生，于是解释了"上善若水"和"水滴石穿"。他环顾着四周的景色，似乎并没有用心在听，我仍不厌其烦，自己讲着。最后，我问他一个问题："你说，舌头和牙齿，哪个更厉害？"童哥张口就来："舌头。"我问为什么，他笃定地说："你刚才不是讲过了吗？柔软的东西更有力量，真正的强大，不是只看表面的。"

　　童哥小学一年级时，第一次期中考试，显得有点儿紧张。这毕竟是他人生的第一次重大考试，看得出他非常重视。考完，他兴奋地打电话给我，报告好成绩。姐姐在旁边说："考得这么好，问问姨妈要怎么奖励你呢？"孩子于是问我。我一直不赞同用物质的奖励来表扬孩子的每一点进步，虽然如今已经是个赏识教育物质化泛滥的社会，但我还是耐着性子问孩子想怎么被奖励。他天真但是认真地说："我想吃提拉米苏蛋糕。"于是周末带他去西餐店，点了蛋糕，童童开心地吃着，我却想要和他谈谈。我问他："你知道姨妈为什么要带你来吃蛋糕吗？"孩子一边往嘴里送蛋糕，一边说："因为我考试考得好。"我摇头。他迷惑了。我说："姨妈之所以带你出来玩，给你买好吃的，只是因为我爱你，因为你是我的宝贝，因为你是你，这和考试成绩好坏没有任何关系。不管你变成什么样子，姨妈都爱你，都会全身心地对你好，没有任何条件。但是，如果将来你想做自己喜欢的事情，成为你想成为的人，你就必须努力，好好学习，让梦想成真。"临走的时候，我又问他："你说，姨妈为什么请你吃蛋糕？"孩子甜甜地依偎在我怀里认真地说："因为你爱我。"孩子，也许你现在还不懂什么是学习，什么是考试，将来的理想如何化为现实，但是，我希望你明白，我爱你！因为你是你，和其他任何事情都没有关系！这，就足够了。

童哥三年级时，一次，老师发短信给家长，让家长帮助孩子准备班干部竞选的演说词。我妈问童哥，为什么没听他说过这件事？童哥冷静地回答："我不打算竞选，当班干部事情太多太累，我只想做个轻松的普通人。"做一个在路边为别人鼓掌的人，难能可贵，我喜欢童哥的这种淡然，很有我家的风范。

一次儿童节活动，童哥表示那天他不想去学校参加。我妈照旧劝他说，集体活动，应该去，多好玩儿啊。谁知童哥又是语出惊人："我想问一问，儿童节到底是谁的节日？是要让谁快乐的？如果是我的节日，那么我想在家和朋友玩儿。"最后，我们都支持他留在家里，度过自己的节日。

如今，童哥就要考中学了，学习也紧张起来，为了考我以前任教的那所重点中学。我辞职前告诉他，我不能在那所学校里等着他了，不能每天一起上学放学。他依旧很镇定，说，好吧。辞职的新闻爆出后，我问他怎么看待这件事，他说："每个人都有选择自己生活方式的权利，他们那么大惊小怪干什么？"

现在，我会写明信片给童哥，邮寄到他的学校，告诉他我在外面看到的世界。每次，淡定的童哥旁边，都挤满了不淡定的同学们。结婚前，童哥邮寄给我一本书，在扉页上写着："亲爱的姨妈，在您身上，使我懂得了，只要有梦想，相信自己，就能实现！您一直是我的偶像，也希望有一天，我也能成为您的骄傲，我会一直努力的！"

我知道，这个当年的小家伙，已经长大了。

我在给童哥写一个本子，大大的，厚厚的，将我想对他说的话、发生过的故事都记录下来，等到他十八岁生日那天，作为"成人礼"，送给他。

过年

　　小时候，人们对节日是极其重视的，持有敬畏之心。家里的墙壁上挂着老式的日历牌，每天一张，写着阴阳日期，适宜和禁忌的注意事项，有时，遇上节气和节日，还会用大红色的字体标注出来。每天早晨，姥姥用舔湿的手指，撕掉昨日的一页，虽然她不识字，但是，仍旧会站在日历前端详好久。每到年末，姥姥就从街上买来新的一年的日历，待墙壁上的撕到最后一页，将旧的取下，小心翼翼地将新的装上去，重新挂起来。新的一年，就这样开始了。

　　那时，节日很像节日。日子，是期盼着过的。

　　小时候，节日总是和吃有关的，和穿新衣服、新鞋子有关的。尤其是新年，是孩子们最为盼望的日子，那就意味着又可以敞开怀地大吃特吃了。年前就看到家人忙碌采购，买来大白菜，几百斤，存放起来过冬。那时日子苦，大白菜是过冬的必备之品。家里的孩子们间隔有序地站开来，一棵一棵的大白菜，就在我们手中传递，每个人表情严肃，像一堆小蚂蚁，最后，几百斤的大白菜被舅舅整整齐齐地摆放在房檐上。那时家里用的是炉火，烧的是蜂窝煤，所以，周末，家里大人借来专门运煤的架子车，一家老小说着笑着，直奔煤场。等待机器的传送带上滚出新鲜制成的蜂窝煤，全家人七手八脚地装上一车，然后前呼后拥地拉回家。大人们挽起袖子，孩子们穿上罩衣，开始搬煤。我记得有一种特制的架子，可以码上十几块煤球，大人们扎个马步，运上一口气，搬起就走，孩子们只能三两块地跟在后面，心里想着：什么时候才能轮上我用那个神奇的大家伙啊？蜂窝煤要摆在楼梯下面，哥哥姐姐们蹲在楼梯下，把它们一块一块码好，用的时候拿簸箕装上几块，然后，墙壁上留下黑色的印记。

大年二十三前的一两天，街上就开始叫卖麻糖，那是一种儿时最爱的零食，甜香酥脆，满是芝麻。吃的时候，要小心翼翼地打开袋子，两根手指捏起一根，然后，用另一个手托着，慢慢下口。吃得太随意，麻糖就容易断裂，只能认真对待。待整根麻糖进了肚，最后，再把手掌心里的芝麻全部舔干净，咂咂嘴，心满意足。姥姥说，大年二十三，是灶王爷要上天汇报一家人一年情况的日子，买麻糖，是为了糊住他的嘴，这样，他就不会在神仙面前说家里不好的话；买鞭炮，是把他老人家送上天。一直觉得，用这样简单粗暴的方式把灶王爷崩上天，似乎有点儿不妥。

舅舅是家里的大厨，大年二十七前后，就要开始准备炸制年货了。下了班，吃了晚饭，舅舅支上一口大锅，倒上油，然后，点一支烟。烟抽完了，油也热了，于是，把准备好的食材下锅炸制，有时一炸就是半夜。那时做得最多的就是酥肉和莲夹，每种炸十几斤，装在铺了报纸的纸箱子里，吃的时候取一些，加上白菜、粉条熬煮，味道极佳。孩子们围在灶台旁边，等待第一锅热气腾腾出锅，就先抢几个尝尝，嘴上满是油迹。

到了大年三十，晚饭后，全家人开始贴春联。虽然俗语里面讲，春联应该是大年二十八贴的，可是不知道为什么，我家向来都是留到年夜饭前才贴，可能觉得贴早了会坏得早，又或许是为了加重年三十的年味儿。买来的用金粉写得龙飞凤舞的春联，是一家人对来年的期盼。大多是风调雨顺、平安幸福之类的。我家没人做生意，所以从来不买那种"财源广进"的春联。姥姥在火上熬了浆糊，用食指挖出一块，把春联反着放在桌子上，在背后自上而下均匀涂抹。哥哥搬来凳子，站在上面等我们把涂好浆糊的春联小心翼翼地递给他，然后，还要我们站在远处看贴得是否一样高。春联要贴得牢，这一年，就会在这样的好兆头中度过。

三十晚上放鞭炮是极讲究的。长长的鞭炮，一定要买最响的那种，一头用绳子拴在竹竿上，架在二楼的扶手上。快要到十二点时，我们兄弟姐妹就再次间隔有序地排开，从屋里到院子，再到二楼。屋里的负责盯着电视机报时，院子里的负责传递消息，二楼的哥哥负责点炮。由于我家孩子多，消息准确，每次都能准时在春节晚会零点钟声敲响时让鞭炮燃烧，噼里啪啦，清脆无比，这是我们小时候极其骄傲的事情，记录多年保持，无人打破。

鞭炮燃尽，一群孩子就跑回屋里给姥姥磕头拜年，领红包，开心地跑开。然后，就是把叠得整整齐齐的新衣服放在床头，躺在枕头上看着新衣服傻乐，期盼天快点儿亮，可以换上新装。

初一早晨，换上新衣服、新鞋，每家就在屋子里摆好了瓜子糖果，邻里邻居开始互相串门拜年。谁来了，抓一把瓜子糖果塞到口袋里，吃着聊着，说着吉利话。

那时，谁也没有觉得过年没有意思，人人脸上笑开了花。物质匮乏，但内心是满足的。

今天是腊八节，年，又近了。早晨起来去菜场买了一堆新鲜食材，晚上请朋友们来家里过节。黄豆炖猪手、酱焖鲫鱼、哈尔滨干肠、自制油炸花生米，再配上一碗热乎乎的腊八粥、手工蒸的窝窝头。

我想，我们还可以回到过去，回到那个无忧无虑的简单年代。

关于
春节晚会

　　小时候，过年除了吃喝和有新衣服穿，有鞭炮放，还有一个重头戏，那就是春节晚会。那时电视机里都没几个频道，能看的不多，这样的综艺类节目，算是一年一度的饕餮盛宴。吃了年夜饭，全家人就在电视机前等着，等着那几个毫无悬念的主持人上场，声情并茂地说开场白。能记住的节目不多，可是清楚地记得一个舞蹈节目，黄豆豆演的醉鼓，在一个大大的鼓上，一个少年舞动着，英气逼人。我家女孩儿多，大多能歌善舞，几个姐姐都是文艺骨干，编排舞蹈都是一把好手儿。小时候我也跳舞，民族舞居多，甚至还女扮男装演过雷锋，戴着一个跟鸟窝差不多的假发，和饰演地主婆的师姐扭打在一起，最后，地主婆在正义的小朋友们的呼喊声中流下眼泪，被打倒了。

　　今年是猴年，我的本命年，三十六岁。看到一则新闻，说是六小龄童的节目被毙，无缘此次春晚，只能参加戏曲春晚。如果他拿着金箍棒，只是挥舞几下，随便和哪个节目凑在一起，都是可以出

　　世界那么大，我想去看看

镜的。但是，他没有。下一个猴年，不知道他还能不能参加，因为，他已年近六十。

看过近期的一个可乐广告，六小龄童讲述他的猴王世家。其实小学时还看过一个电视剧，讲的就是他家的故事，世代演美猴王，他的哥哥得了绝症，然后告诉弟弟，你想我的时候，就扮上美猴王，然后就能看到我了。那个电视剧记忆犹新，当时哭得稀里哗啦。几代人，为了一件事儿，做了一生。广告最后，六小龄童老师说："苦练七十二变，才能笑对八十一难。"六小龄童老师是高度近视，可是却能诠释出活灵活现的孙悟空，那一双火眼金睛，极其传神。我们有多少人只知道美猴王，知道六小龄童，谁会知道他的本名叫作章金莱？齐天大圣就是六小龄童，六小龄童就是齐天大圣，无论再有谁饰演美猴王，都无法取代章老师在我们心中的地位。那是扎根在我们心中的、永远的孙悟空。

《西游记》是我们儿时最爱看的电视剧了，每到暑假和春节就会播放，那时没有录像机和网络，要看只能半夜起床。可就是那样，我都看了无数遍。片头、片尾曲和插曲，我们都耳熟能详，只是听到开头的"啾啾啾"就已经激动不已。可是现在，电视频道太多了，节目太多了，演员太多了，人们忘记了经典。

我和于夫，似乎不是这个时代的人。我们尊重历史，喜欢历史的那种厚重感。时代在发展，但是人不能忘本，祖宗留下的那些好东西,需要有人传承,让更多的子孙知道,我们的国家有这些好东西。

前段时间去参加网易"态度人物"盛典,在北京的五棵松看到了好多明星。其中一个男孩儿,因为饰演了那时热映的电影《老炮儿》而红,他一出现,就尖叫声一片。还有好多我都叫不上名字的韩国组合,头发染得五颜六色,一人唱不了几句,就在台上使劲儿跳舞。我和于夫看了一半就走了,实在不感兴趣,提不起劲儿。如今,明星太多,都不知道他们是干嘛的,就红了,然后,粉丝众多。我怀念以前的那个时代,每个明星都值得崇敬,不仅戏演得好,更重要的,是人品。拼脸蛋儿、拼身材、拼后台的时代,我有点儿赶不上了。鲜肉总会变老,经典永远年轻。

我的
老师

　　收到以前同事发来的照片，她和我毕业于同一所高中，比我高几届，却有好几位老师都教过我们两个。看着照片中那熟悉的老师们，我回想起我的上学时光。

　　小时候，我家对面隔一条马路就是一所小学，郑铁二小。那时候，铁路很牛，学校和医院都分为铁路和市面两类，只有铁路子弟才可以入学、就医。我爷爷家的好多人都在铁路工作，我爸去世后，我爷爷口头将我和姐姐分别划分到两个姑姑名下，依旧在我姥姥家生活，但是可以作为铁路子弟入学，还有了铁路医院的医疗本。这样的优待，显得我特别贵气。我特别期盼有朝一日可以背着书包昂首挺胸地走进那所学校，虽然我每天都到那个学校里玩耍，但是，成为一名小学生，一直是我所向往的。我姐也是那所学校的学生，又因为住得近，学校本来不大，所以，几乎所有的老师都认识我们家人。还没上学时，很多次快要吃午饭时，我姥姥就一边炒着菜，一边对我说："你姐肯定又被体育老师留下了，你去把她领回来。"于是，我就小大人儿般掐着腰走到操场上，对体育老师大喊："快让我姐跟我回家吃饭！"我姐比我大五岁半，教过她的老师转回头两次就教了我。记忆最深刻的是小学一到三年级教我的邓清华老师，一个五十多岁烫着小小卷发的女人，课讲得好，特别是公开课时，不会让我们提前准备好答案弄虚作假。后来，她调到了她家附近的小学，我们一群孩子还特意跑去看她，她依然温柔慈祥。工作后，我曾去那所小学找过她，但是，看门的大爷告诉我，他不知道这个老师的去向。

小学时我是品学兼优的好孩子，甚至成为整条街的榜样。那些年，我几乎包揽了所有奖项。每次六一儿童节表彰结束后，我的奖状、奖品多得拿不住，我的同学就帮我一起搬到家里。每天放学，一群同学经过我家门口，都齐声声地喊："顾少强，再见！"声音整齐有力。很多年后，和我一起长大的发小，如今也是一名中学心理老师，她告诉我说，那时候，她极少和我说话，因为她妈妈总是说："你看人家少强，人家……"我在毫不知情的情况下，成为拿来教育、鼓励孩子的那个"别人家的孩子"。家人没有对我进行过特殊的教育，小时候家里孩子多，表哥表姐都在一条街生活，放学了就都挤在姥姥家，每天吵吵嚷嚷。我放了学，家里的电视机开着，舅舅看新闻联播，姥姥看天气预报，哥哥姐姐们看连续剧，我就趴在姥姥的缝纫机上，在那仅有的一小块平整的桌面上写作业。就在那样嘈杂的氛围中，我照样门门功课全年级第一，跳舞唱歌参加市里比赛还得了奖，数学奥林匹克竞赛全国一等奖。如今的父母，为了孩子专心学习，在家里不敢造次，连大声说话都不敢，却往往收获不了好成绩。妈妈说，一次她去开家长会，结束后，好多家长围着她，非让她讲讲是如何教育我的。结果，我妈落荒而逃。她说，我真的没时间管她，我这个妈，有点儿惭愧。

说实话，谁也没管过我学习，只是看着哥哥姐姐们就是那样学习的，自然就会了。放学后写完作业，就在学校门口和小伙伴们跳皮筋儿，丢沙包，摇呼啦圈，每个孩子都疯得一头汗。那时候，治安良好，民风淳朴，没有什么拐卖人口的，车更是罕见，所以，家长们也从不担心，任由我们一群孩子在那里玩闹。

小学高年级时，我们学校来了一位年轻的男老师，给我们开了奥数课，选了全年级最好的几个孩子，每天下课了就留在教室继续学习。他是个工作有热情的人，现在是一所小学的校长，那时，想尽了各种略带游戏色彩的办法，带着我们学习奥数。我小学毕业后，这个年轻的奥数老师成了我的表姐夫。

初一时，我以年级第二名的成绩考上了铁路的学校。那时开始学习英语，还没报到的那个暑假，妈妈就提前给我买来录音机和全套的磁带，没等开学，我就把初一上学期的所有课文背熟了。我的英语老师是我的班主任，每次上课，她都让我们自由组成小组，走上讲台，把课文表演出来，甚至可以根据需要，自己添加台词。我和身边的同学组成了四人小组，提前准备，几乎每次课堂都上台表演，现在还能背诵出当年课文中的一些段落，连语气都和磁带里的一样。这样有意思的课堂，我的成绩当然不会差。

现在想想，之所以我的这两门课程学得那么好，都是因为当时的老师无意中在课堂上进行了体验式的活动，这和我们现在提倡的心理学的"体验式活动课"有着相似之处。有了亲身的体验，才会有属于自己的独特感悟，印象才会深刻。

高中时，我选了离家较近的学校。在这所学校，我又有幸遇到了几位好老师。我们的数学老师温乃翰，当年不过五十几岁，但是头发已经全白，三七分，梳理得极其考究，丝丝分明，我们私下里都尊称他为"帅爷"。温老师是新疆人，能歌善舞，在元旦晚会时，会走进我们班级，跳起新疆舞。他讲课时，言简意赅，没有废话，立体几何，让他讲得极接地气："这道题，没什么复杂，就是两个面中间夹个根儿。"印象最深刻的，是每到下雨的时候，温老师又恰巧是最后一节课，他的爱人，那个温婉优雅的妇人，就拿一把伞，轻轻地放在教室门口。如今，温老师早已退了休，听说，他退休后买了一架钢琴，自己在家唱歌弹琴。后来，得了小孙子，就自己作词作曲，给小宝宝写了一首《摇篮曲》，在师生聚会时，他还亲自演唱过。

高中时，还有一位语文老师对我影响至深——刘智苏老师。刘老师那时也就四十岁左右，个子不高，却每天神采奕奕，讲起课来抑扬顿挫、手舞足蹈。我因为对这位老师的喜爱，认真听讲，积极发言，连发着高烧考试都能得全年级第一。课间聊天时，她喜欢搭着我们的肩膀，搂着我们的腰，极其亲切。后来，我高考时生病，分数不理想，本打算随便上个大学算了。去学校时，偶然碰到刘老师，她对我妈说："我觉得少强应该再复读一年试一试，这样就上个专科学校太可惜，她还是有实力的。"我们真的听从了刘老师的建议，复读一年，考取了河南师范大学。辞职信事件被爆出后，一天深夜，刘老师给我发来微信，说，想跟我谈谈。她给我讲了当初她在人生道路上如何做选择，以及现在对生活的看法，鼓励我勇敢追求梦想。那天，她发了长长的微信，好多好多条，从她的语气中可以听出，刘老师应该是提前写完，然后认真地一句一句读给我听的。听完那十几条微信，我在陌生的城市的深夜哭了，我很感激生命中有这样的老师，不仅在学校教授我知识，也是我一生的导师。

上了大学，课程更是五花八门，有一门专业课是全体学生都极感兴趣的，那就是《变态心理学》。年轻的刘亚楠老师，刚从华中师范大学毕业，比我们大不了几岁，意气风发。虽然年纪不大，但却是我大学生涯中遇到的最专业，也是最敬业的老师。我们毕业后，刘老师离开学校，考上了北师大的研究生，然后是博士，现在回到河南，在一所重点大学任教。我们一直是很好的朋友，每次去学校找他，他都热情地请我吃饭，然后，我们像兄弟一样聊天。我经常问他："刘老师，你说说，谁是你最骄傲的学生？"文雅的刘老师会毫不迟疑，一秒钟之内做出判断，每次都指向我，然后我就美滋滋地大笑。辞职前，离开郑州的前一天，我还专门跑去和他告别，在学校的湖畔西餐厅，我大口地嚼着他请我吃的牛排，一点儿也不会客气。

　　工作以后，去北师大珠海分校学习，在那里有机会认识了一些
更有趣的老师。丹尼尔现在四十多岁，在北师大和北理工分校任教，
他开设的课程是《＜圣经＞与西方文化》和《希腊神话》。沿海城
市到底是思路开阔，这样的课程也允许开设，并且深受学生喜爱。
认识丹尼尔是在一次吃宵夜的时候，我们的班主任马老师打电话把
他也叫来了。当时丹尼尔刚刚上完晚上的课，已经是十点多了。他
来的时候，骑了一辆山地车，斜背着一个大包，大老远地就听见他
洪亮的声音。丹尼尔很随和，甚至可以用"超级随和"来形容，坐
下没多久，大家就熟络起来了。马老师和丹尼尔开着玩笑，说，一
个大学老师，骑那么辆破自行车还这么开心。丹尼尔指着他的车说：
"你去打听打听，这方圆五公里，我的车是最牛的，谁的自行车上
安 GPS？"丹尼尔喝了一口几块钱一瓶的"小烧"，忽然神采奕奕，
无比激动地说："这个学期的课程要结束了，我就给我的学生们布
置作业，让他们写一篇论文。我告诉他们，一定要自己写，不能抄，
而且，最好是手写的。如果谁用毛笔写论文，要多少分我就给他多
少分。"说着，他打开背包，从里面拿出一大叠的宣纸，上面写满
了字，虽然不怎么好看，但确实是毛笔字。丹尼尔说："今天上课，
一个女学生来交论文，拿出这么一大堆毛笔字，当时我就激动不已，
对那个孩子说：'孩子，你想要多少分？你想要多少分我就给你多
少分！另外，我想问一下，我能当你爹，让你坑我吗？'"丹尼尔
就是这样有趣的人，我曾经在学习之余，晚上去教室听过他的课。

那天，他讲的是希腊神话，精美的 PPT，大量的故事，他都能背得出来，讲得绘声绘色。快要下课时，他忽然无比感慨地说："下辈子，我要做一个女人。"所有人都聚精会神地盯着他，然后，只见他眼神焕发着光彩，激动地说："然后，嫁一个像我这么优秀的男人。"然后，所有人都笑了，发出不齿的"嘘"声。我们曾去丹尼尔家吃过饭，到了他家，一屋子的人，都是他的学生。席间，话题一直变换，大家聊得很开心，不时地大笑。丹尼尔就是这样能给人带来快乐的老师，和学生打成一片，甚至比他们还会玩儿。我记得丹尼尔家的客厅，房顶挺高的，大概有三米五，原本挺宽敞的，可以摆上电视啊，沙发啊，茶几啊，可是他家，都没有这些东西，有的，只是书。那个书架很高，一直高到屋顶，墙边，也都摆着大概一米高的书。我看了看，涉及很多类别，但最多的，还是他的专业书。我问丹尼尔："这些书你都看过吗？"丹尼尔说："基本上每本书都看过的，即使没有仔细地看，也都是翻阅过的。"几乎每到假日，丹尼尔就会坐车去深圳，逛书店，买书，然后带回来看。丹尼尔有一个心愿，他希望收集不同版本的《圣经》，于是，就有学生、朋友从四处给他邮寄过来，已经收集了许多。我去美国的时候，也在书店给他买了一本旧的《圣经》，大概是 1976 年出版的，丹尼尔说他很喜欢。丹尼尔没参加过什么职称评定，他说，他的性格，不适合那样的考核。所以，他笑着对我们说："我要争取做中国最老的讲师，一直到我讲不动的那天。"其实，职称这种事情，仁者见仁智者见智，他的课讲得那么好，学生们那么喜爱，其他的什么标准，似乎都显得无所谓了。

我还遇到过一个特别的老师，那是一次全市心理骨干教师外出培训，我们因为是省属学校，所以不在其列。我给领导说明了情况，要求自费前往，领导很明事理，同意了。于是，我就买了车票去了，因为是自费，更加珍惜学习的机会，每天都早早地去教室，坐在第一排，像大学时那样，摆好本子占座位，然后才去吃早饭。一个专家，让我印象深刻。他在日本学习多年，跟国内的老师们不太一样，虽然我和于夫都不喜欢日本，尤其是于夫，这个东北人，当年他们东北三省受到日军的残害，更是发誓这辈子都不去日本。国内的大多数老师都特别平易近人，面带笑容讲课，课下和学生打成一片，让签名签名，让合影合影，有时候，还会跟你握手点头。那个专家不同，课前早早就到了教室，坐在讲台旁边的凳子上，不说话。有些进修的老师像往常一样，坐在座位上就拿起手机拍照。那个专家看到了，严肃地说："你没经过我的允许，怎么能私自给我拍照？"开始上课了，那个专家喊了"上课"，我们全体起立行礼，然后他毕恭毕敬地还礼。十分钟后，一个女老师迟到了，气喘吁吁地跑进教室。那个专家停止讲课，问那个老师为什么迟到，那个女老师不好意思地说，因为刚来这个地方，没找到就近的餐厅，跑了很远去吃早饭。说完，那个女老师歉意地吐了吐舌头。专家没多说什么，只是告诉所有人，以后上课都要按时，不到下课时间，不允许私自出教室。如果你真的需要去厕所，那么，把手机留在教室，不许出去打电话聊天。

　　没过五分钟，又有一个女老师迟到了，晃晃悠悠、闲庭信步地走进来，找了个座位就坐下来。其实，对于我们这些成年人，虽然平时教育学生时一套一套的，但是对于自己总是无限宽容。这样的免费外出学习，大多数人以为是度假，甚至带着一家老小，住在公家给报销的宾馆里，顺便旅行。那个专家再次停下来，把那个老师请到讲台前，问她为什么迟到？那个女老师不以为然，没说出什么正当的理由。于是，专家说，我要打你的头一下，以示惩戒。真的，他真的拿出一个戒尺，在那个女老师的额头上重重地打了一下，响声清脆。所有在场的老师都傻眼了：这么多年，谁还会想到，有朝一日，会遇到如此严苛的老师？从那以后，三天课程，没有人迟到，没有人早退，没有人手机响起，没有人上课说话。

　　课间，那个专家搬了凳子坐在我和同伴的桌子前面休息。又有老师不断地凑过来，自觉地在过道里排好队，请那个专家在他的著作上面签名。老师们习以为常地把我和同伴桌子上的文具和本子随手推开，腾出一片地方。那个专家又不乐意了，说："你们动人家的东西，问过别人吗？"那几个老师傻眼了，马上低下头，温柔地对我和同伴说："可以借用你们的桌子吗？"当时我就哈哈大笑，心里面特别想为这个老师鼓掌。后来，在交谈中，我对那个专家说，我特别感谢他帮我们整顿了队伍。当了太久的老师，那些人早已习惯高高在上，不懂得基本的尊重，是他，让所有人明白了，师道尊严。后来，我也在我的课堂上告诉我的学生们："你们可以不用花费太多精力去坐得笔直，但是，我的课堂上，不允许睡觉、不允许喝水吃东西。"那么些年，我和学生关系一直很好，我从未体罚过任何一个孩子，甚至他们在别的课上扰乱纪律受了罚，站在教室的最后面，等到我上课，我也会让他们回到座位。因为，在我的课堂，我们是平等的，他们没有违反当初的课堂约定，我就不需要让他们站着听课。有时候，别的老师看到他们罚站的孩子被我叫回座位，十分恼怒，因为他们不知道，惩罚并不是教育的最佳手段，如果惩罚有效，那么，全部老师只要会惩罚就可以了，还要鼓励和肯定做什么？

当然，我也遇到过一些奇葩的老师。高中时的地理老师，上课的第一句话就是："我的课，你可以选择听或者不听，但是，不要扰乱课堂秩序。"我是个听话的好孩子，所以，我选择了不听，每次上课都在神游。半个学期下来，我的地理考了55分。我妈给我买来世界地图、中国地图、河南地图、郑州地图，贴在我床的四周，可是，我的地理课一直是我的老寒腿，虽然及格了，但是学得不好，多少年分不清东南西北，出门只能靠左右跟人比画。还有一位老师，是我大学时的老师，教的什么课程我不记得了，只是记得他教了好几门，好多个学期他都活跃在我们的面前。他的课堂，基本不怎么讲知识点，只是向我们展示他对河南各地方文化的透彻了解。他会突然停在你的面前，问你来自哪个城市，哪个区域，哪个村庄，然后微笑着说出你那个地方的特点、方言、美食，甚至村口的一棵树。在他的课堂上我一直恍惚，总觉得他是我当年的那个高中地理老师派来给我补课的。

我，也应该算是个奇葩的老师。每节课开始的时候，我都会和学生们分享一个故事，或者谈谈近期发生的事情。我记得有一次，我们谈到了那时热播的穿越剧。那段时间，学生们之间都在传阅这类书籍，也经常谈论那神奇的穿越剧，所以，那节课，我们就抛出这个话题一起探讨。听到要谈穿越剧，孩子们很兴奋，都瞪大了眼睛。有的学生站起来给我讲穿越剧是如何神奇，讲述那些穿越到古代后宫的现代人的神奇遭遇。然后，我们就开始总结穿越剧的几大要素：第一，现代穿古代较多；第二，长相俊俏美丽，人要聪明机智；第三，对历史了如指掌，知道每一个人未来的命运；第四，要会一些小把戏、小技能，能靠这些本事取悦皇上，在后宫站住脚，并且委以重任。总结归纳完，我说："所以，穿越是要有真本领的，如果不了解历史，站错队伍，最终的下场会很惨，而且，还要会点儿绝活儿，什么发电啊，做刨冰啊，开锁啊，不然，在宫里不好混。穿越，是个技术活，除了课本上的知识，还需要有生活的智慧，在你们做着穿越的梦时，先把自己的武艺练好了才行。如果哪天你真的有幸穿越到了古代，什么历史都不知道，什么本事都没有，只会站出来说：'我学习成绩好，特别会考试。'那么，第一个拉出去赐一丈红的可能就是你了。"我还和学生们谈青春期，谈异性交往。这是他们感兴趣却又难以启齿的话题，没有多少人能够告诉他们关于青春期的答案，所以，我们心理老师就站了出来。我问学生们，你们现在有喜欢的人的请给我一个笑容，很多孩子笑得像花儿一样灿烂。然后我说，那我们来总结一下，你喜欢的这个人，究竟是因为他（她）身上的什么品质？如果你还没有喜欢的人，那么想一想，将来你要找的另一半，需要具备哪些品质？你不喜欢哪些品质？孩子们炸开了锅，热烈讨论，最后，在黑板上，他们写出了满满一黑板的答案。最后我说，如果符合这些条件的那个人已经出现了，那么恭喜你，一定要留下他（她）家的电话号码或者邮箱，等你上了大学，再和他（她）联系；如果你现在喜欢的那个人都没几条符合这些品质的，那就算了吧，你喜欢他的原因，可能只是因为一个很小的侧面，比如：他（她）一次在课堂上闹了个笑话，或者他（她）运动会上表现出色，又或者，他（她）劳动特别积极。这些都是太小的侧面，看一个人，要综合考量。

前段时间在网上看到一个讲"性学"的教授，他是华中师范大学的教授，因为讲授这个敏感的话题，曾经被一个大妈现场"泼粪"，并且有人在网上肆意谩骂诋毁，恐吓他说，这次是粪，下次可能就是硫酸了。很多人要求华中师范大学开除他，觉得这个人是个流氓，在传播坏的思想，毒害青年。我看到那个教授讲述这一段时，眼睛里闪着泪花，我也感同身受。作为老师，尤其是教授这样不寻常学科的老师们，有时会遭遇很多尴尬和非议，但是，我知道，只要坚信自己做的是好的事情，是对学生有帮助的事情，我们就会坚持下去。如今，那个已经快要退休的教授得到了认可，选修他课程的学生越来越多，甚至传出了这样的话："上华师，不上性教育课，等于没上华师。"我想，我们这些老师，都会执着地坚持下去的，因为，学生们需要这样的课程，需要这样的课堂，需要有人为他们开启更为丰富的精神世界。

我不知道我曾教过的学生们，他们是如何评价我的，多年后是否还会记得我，记得我在讲台上的样子。我想，我遇到的那些老师，他们深深地影响着我，以身作则地让我知道，如何成为一名好老师。

伍

关于人生

Part Five

当初我离开家，来成都，找于夫，想的就是：如果我不来，我肯定输；如果我来了，至少有 50% 的成功几率，没想到，我幸运地完胜。然而，到现在为止，我都认为我是个个案，不足以模仿。

世界那么大，我想去看看

心理学
那点儿事儿

　　仍不断地有人在公众平台上留言或者发短信过来和我探讨人生，进行心理咨询。我说，我无法通过网络给你们谈人生、做咨询。心理咨询需要面对面，才能从你的动作表情中洞察一些东西，而且，对于咨询环境有严格的要求。不管别人是如何隔空打牛般通过网络进行咨询，但是，我做不了。

　　也许有人会觉得我不仗义，但是我还是要告诉你，心理咨询师考试的书上明确地说，每个咨询都是要收费的。收费了，你会重视和我的每次谈话，按时来，不会放我鸽子，来了，也能珍惜那规定的五十分钟或者一个小时，不会东拉西扯，当作是无聊时随便找个人倾诉心声。不收费，咨询师提不起劲儿，来访者天马行空，几个小时下来，筋疲力尽，毫无效果可言。现在，仍有人打电话约我给他家的孩子做咨询，我就会在电话里告诉他："可以的，我们约好时间，你们按时来。心理咨询不同于普通的聊天解闷儿，不是一次就能有明显效果的，需要我和来访者面谈后，制定咨询计划，然后，长期地进行，有的甚至要用几年的时间。第一次面谈，我可以免费，因为要看来访者是否愿意和我建立咨询关系，继续和我进行长期的咨询，再好的心理咨询师，有些来访者也会不接受的。我的咨询费用是……"有的人会愿意接受咨询，有的可能放下电话就说我"还要钱，没情怀"。我想说的是，心理咨询，我用专业的知识根据每个人不同的情况制定咨询计划，咨询时，花费脑细胞思考如何引领来访者思考，有时候，共情了、同感了，自己出不来，还需要调整。

曾听朋友说过，一次心理学大会上，一个中年专家在台上声情并茂地讲述自己有多么热爱这个职业，他咨询的一个学生，总是不按规定的时间来，即使偶尔来了也会迟到，或者说几句话就离开。那个专家动情地说："每次，我都准时在咨询室等他，然后告诉他，我会一直等他，只要他需要帮助，随时可以来找我。"我那个朋友也是个直性子，当时就站起来，拍着大腿说："我实在是受不了！咨询师认真对待咨询和来访者是对的，但是，总不能无底线吧？当来访者不重视咨询、不守时的时候，我们咨询师难道就应该没有情绪吗？我们也是人，也需要得到应有的尊重。"我听了觉得特别在理，如果我当时也在，一定站出来支持她。

现在，心理学的圈子很大，也很乱。这个有着悠久历史，却很年轻的学科，传到中国不过五六十年。我是我们大学招的第二届心理学专业学生，第一届的师哥师姐学了一年之后，领导们忽然发现，招错了，心理学不应该招文科生，而应该招理科生，那些测量啊，统计啊，高数啊，让文科生头疼发蒙。大家都在摸索着前进，可是，有时候，真的是"摸着石头过河"，可是，却找不到石头。

现在的国内心理学，大家崇尚时髦的东西，什么艺术治疗里面的舞动治疗啊，绘画治疗啊，沙盘、箱庭疗法啊，都被疯狂追捧。我曾经参加过一个舞动治疗的小团体活动，一个年轻的女老师，说自己师从国外的某个大师，学习时要求极高，要学习满几百个小时才能考试，不及格还不能毕业，学费高昂。说实话，那个女老师真的不适合学习舞动治疗，她长得毫无艺术性可言，没有美感，连顺眼都不算，可是人家努力尝试，突破自己，非要做这个专业。活动开始了，她让我们两个人一组，一个扮演凳子，闭上眼睛，不要动；另一个人要用手在距离"凳子"身体五厘米的地方来回感应，最后，可以选择挪动"凳子"，摆出各种造型。当时我穿着蓝底红花的民族风吊裆裤，戴着大大的耳环，静静地坐在台下听她讲课。和我一组的，是一个还没毕业的大学生。我看了那个大学生一眼，他怯生生地看着我，不敢造次。于是，整个活动，我只是闭着眼睛养神，他一直没敢跟我互动。睁开眼，大家开始分享。我不知道，为什么他们能有那么丰富的想象力和感受力，在这个时候，我在旅行中那种饱满的情绪和细腻的感触荡然无存。有人说，他感受到了同伴在距离自己身体不远处的手传来的能量，好温暖。有人说，自己是凳子，太累了，同伴特别理解他的辛苦，把他搂过来放在自己的肩头。他们哭了，互相拥抱着哭，甚至，有人无法完全表达自己的情绪，披起一块黑布，满场跑。我完全傻眼了。活动的最后，老师给每个人发了一条丝巾，让大家放开手脚，随意和丝巾一起舞动。由于有了刚才活动的良好铺垫，老师们群情激昂，挥舞着丝巾，跳起来。我站在墙根儿看着所有人。跳了一段儿，老师们觉得还不过瘾，于是，有一个男老师说："我们几个人围成一个圆圈一起跳吧！"他的号召得到了响应，七八个人，围成一个圆圈，每个人拿着丝巾的一个角，另一头被那个活动发起人统一抓住，然后，所有人扯着丝巾一角转圈圈，那个男老师在中间独自原地转圈。当时我就惊呆了。这个男老师让我想起《西游记》里面那个嫦娥，她也是这么转的，在仙气缭绕的天宫里轻歌曼舞，引来天蓬元帅的爱慕。这个男老师陶醉的表情，让我至今难忘。

我不崇拜什么大师，在任何名头吓人的专家面前，我都丝毫不输，底气十足。都是人，都应该互相尊重，你会的我需要学习，但是，我拿手的你却不一定会。抱持谦卑之心，平等尊重，才是人与人交往的首要前提。到现在为止，只有让我佩服和欣赏的人，没有令我着迷到疯狂的人。所以，我敢在权威面前说话，敢和他们辩论、探讨，会有自己的思想，不被人左右。

心理学界不缺大师，有的有真本领，而且为人低调谦和，也有一些不知道如何被推崇为大师的，每每想起那些人，就觉得想笑。曾有一个同事介绍我认识一个"大师"，五十岁左右的模样，我曾经在一次综合性的心理学培训中听过他的一堂课，讲的是"家族序列排位"。那天，一群人围成一个圈坐着，"大师"现场展示，请一位女同志走到中间，选择我们中的一些人饰演她的家人，主要解决的是那个女同志和母亲之间的关系。起初还很正常，但是到了后面，那个女同志在"大师"的指导下，躺在地上。那时是冬天，光秃秃的水泥地板，冰凉。那个女同志不敢质疑，只能乖乖躺下。有好心的看不下去的同学们就脱了自己的外套，铺在地上，垫在那个女同志的身子下面。然后，"大师"继续引导，让那个女同志向饰演她母亲的那个同学道歉，而且要真诚、痛彻心肺。其实，在活动过程中，我们都看得出来，那个母亲，在女儿成长的道路上做了不少伤害她幼小心灵的事情。那个女同志有点儿迟疑了，她说不出口，难过得流下眼泪。我知道，那眼泪不是对母亲的歉意，更多的是委屈。问题都没解决，如何道歉和解？"大师"不依不饶，就是不让那个女同志站起来，就那样在冰冷的地板上躺着，必须道歉。我旁边一起听课的朋友就开始捂着脸，身体颤抖。我急忙问："怎么了？你也那么难过吗？"那个朋友仍然捂着脸小声对我说："别理我，我快不行了，我不能笑出声音，哎呀妈呀，笑死我了！"

后来，同事介绍我去那个"大师"的工作室，其实是在我们单位后面的一个小区租的三室一厅的单元房。那天，恰好我们学校开运动会，我负责拍照，背着相机，穿着运动装到处跑，满地匍匐。我买了一串香蕉，拎着就去了那个小区。同事给我开的门，欢迎我的到来，告诉我说"大师"在里屋打坐。他带着我去了那个房间，推开门，"大师"盘腿儿坐在飘窗上，穿着中式的盘扣衣服，屁股下面垫了一个蒲草团。"大师"依然闭目不睁，直到同事轻声告诉他，小顾来了。"大师"慢慢张开眼睛，依然盘着腿儿，特别特别轻声地对我说："坐！"我看到旁边的沙发，就打算坐下来。谁知刚坐了一半儿，那个"大师"就忽然皱起眉头，非常郑重地对我说："慢！"我吓了一跳，没敢继续坐下去，停在半空中，以为沙发上有什么东西会扎着我。可是回头看了看，什么也没有。"大师"继续用极轻极缓慢的声音对我说："有点儿软。"当时我就想笑了，只是忍住了。废话，沙发自然是软的，难不成还把我弹起来啊。

后来，"大师"跟我谈话，他看到我穿的运动装，上面是一只"大嘴猴"，"大师"说："从你的着装来看，你是一个内心拒绝成长的人。"我说："大师，我们今天学校有活动，我需要穿运动装，平时，我都是旗袍，端庄贤淑得一塌糊涂。""大师"皱了皱眉头，看了看我放在茶几上的香蕉，又说："你还带了礼物来，说明你不想亏欠别人。"我又说："这有什么亏欠不亏欠的？我家从小的教育就是这样，去别人家拜访，随手带点儿小东西，是礼貌。而且，你要请我吃饭，我不会做饭，一点儿忙都帮不上，带点儿水果，大家饭后吃，就这么简单。"后来，"大师"又指出我好多外表的东西，企图猜中我的内心，我真急了，跟他辩论了一个下午。记得小时候听相声，一个算命的，给谁算卦都说："你家的兄弟姊妹，花开三朵，孤独一枝。"这句话，那个算命的用了好多年都屡试不爽。独生子女的，就解释说他家原本应该有三个孩子，但是命数里只有他一个成了，所以"孤独一枝"；如果是兄弟三个，正好"花开三朵"。那么兄弟姊妹两个的怎么办？那算命的也能自圆其说，就解释为"原

世界那么大，我想去看看

本三人，咕嘟下去一枝，所以是两个"。这些年，见识了不少这样的"大师"，真的挺佩服他们的，装神弄鬼，仙风道骨，什么活儿都敢揽，什么话都敢说。心理学是科学，不是迷信，请你们这些"大师"尊重一下科学好不好？

曾听说一个"大师"，以前是干什么的我不记得了，四十岁左右开始学习心理学，只是几年光景，就能够开班儿授课培训了。听说他会得非常"全面"，绘画艺术治疗、家庭序列排位、催眠、意象对话、叙事疗法，无所不能。很多心理老师都被迫花钱去参加了他的培训，听说只有经过他的培训，才能成为"骨干"。我没参加，心疼那些钱，不愿上当，更受不了这种"二把刀"在我面前装神弄鬼。我宁肯不当骨干，不做先进，也决不同流合污。那些真正的心理学大师，他们兢兢业业，学习实践了数十年，自我介绍起来也不过说自己在某一个小小的领域有了一点儿心得。眼里不揉沙子，就是我的性格。

我的外甥童哥今年十一岁，我自他两三岁起，就开始用心理学的方法教育他，再加上我家良好的教育传统，童哥小小年纪，却比同龄人更成熟稳重。有一次，我学了一期催眠的课程，是个台湾老师讲的，说话软软的，很好听。回来后，正好赶上全家人周末出游，午后返回，大家都筋疲力尽，困意浓浓，可是童哥那时还小，兴奋地在车上蹦，而且一定是蹦一路。我不想让他在旁边蹦跶，想让他安静下来，就把他搂在怀里，说，我给你催眠吧？童哥眨了眨眼睛，没有反对，我就学着老师的样子，对他催眠。没想到，他很快睡了。那一路，非常安静。过了一周，童哥又要睡午觉，他走到我身边说："姨妈，你还用上次那种方法跟我说话，哄我睡觉吧！"我妈说我是"纯属巧合"，可是我却觉得小小的童哥最懂我，极有慧根。

参加一个节目，我写了一篇演讲稿，然后导演说，其中你说你外甥那么淡定地说"每个人都有选择自己生活方式的权利"，我们觉得这句话要去掉，毕竟他还是个十一岁的小孩子，怎么可能说出这样的话？然后，我就给他们讲童哥，讲他的成长，我们的教育，然后，他们相信了。

童哥小的时候立志当医生，后来又决定当军医，因为他奶奶身体不好，他十分爱他的奶奶，决定自己来给奶奶治病，让她长命百岁。可是随着童哥长大，他不断结合自身特点思索人生，有一天，对我姐姐说，他还是不当军医了，部队那种地方不太适合他。我姐就说，好啊，不当也行，那你就学中医，中医挺好，摸摸脉搏，开点儿中药，药都是慢性的，见效慢，没什么责任，不像西医还要动手术，担风险。童哥想了想，摇头说："我觉得我还是比较适合当律师，首先，我很冷静，遇事不慌乱，思维有条不紊，口才还行，比较适合。而且，做律师的，回报较高，待遇丰厚，将来，也能为我的孩子们打下一个坚实的基础。"

十二岁，他已经把他子女的未来都考虑了，我不得不佩服童哥。

也许，将来，他的志愿还会改，他还会发现自己的一些特质，知道自己究竟喜欢什么、适合干什么。人，不就是应该在成长的路上不断发现自己的吗？这是一个一生都要追问的话题，只有内心强大的人才能找到答案。

媒体的
强大

　　在重庆时，接到一个电话，说是一个著名的手机品牌旗下的旅游产业，最近正在宣传柬埔寨的路线。我说，我去过柬埔寨，挺好的。那个女孩儿在电话里说，那好啊，您可以再去，我们给您免费，您还可以带上几个朋友家人。那天，聊了挺长时间，我和那女孩儿挺投缘，尤其是说起柬埔寨，话自然就多。我没答应，只是说考虑考虑。谁知第二天，就在手机上看到新闻，说是我代言了那个旅游品牌，要带队去柬埔寨。我非常生气，打电话过去质问那个女孩儿，谁知她一改昨日的亲和，说新闻发都发了，无能为力。现在，我仍对那个旅游品牌，甚至那个手机品牌耿耿于怀。前段时间去北京参加网易的活动，活动安排我们去参观那个手机品牌的北京总部。其实，那个总部挺好的，我和于夫看了都很喜欢，喜欢那种宽松自由的工作环境，觉得将来如果我们开了什么公司，也这么对待员工。走的时候，于夫发微信朋友圈，我机警地告诉他，千万别乱说话，否则，不知道会不会又爆出新闻，说我们愿意加盟那个企业了。

　　　世界那么大，我想去看看

还有一次，一个人打电话过来，用南方普通话跟我说了半天，一个什么国际旅游的品牌，我说，我不做。后来，我又在新闻上看到，说我都加入那个品牌了，大家快来加入啊！我要疯了，这些人怎么都这样啊，我什么都没说，更没答应，他们想怎么编就怎么编。我太佩服他们的脸皮，可以睁着眼睛说瞎话，为了自己的利益，信口雌黄。

这次风波，让我见识了媒体的强悍，也明白了很多人生的道理。我喜欢我们河南《大河报》的一个主编，红姐，她是我姐姐的朋友，虽然以前都没见过她，可是经过这次事件，让我特别钦佩。我和姐姐在杭州看小百花越剧演出那天，红姐也刚好在杭州出差。她看了我姐的朋友圈，知道我也在现场，就对姐姐说，她也买票来看。那时演出已经要开始了，红姐恰巧就住在附近，买了黄牛的票，坐在最后面。演出结束了，她走过来，站在我们后面一排，和姐姐打招呼。当时我正陶醉得泪眼婆娑，只是回头看了她一眼，点了点头。红姐就回去了，没有惊扰我们，也没提出要采访。听说回去后，她的领导还批评她，说一个媒体人，怎么能轻易放过这样的新闻？红姐一直坚持着自己的坚持，没有再联系过我姐，更没写过与我有关的文章。我敬佩这样的人，做人，无论从事什么行业，都是要有做人的准则的，不能为了写新闻没有底线。所以之后回郑州，我主动联系红姐，去现场做了一期直播节目。红姐说，当初我曾经联系过你的老领导，他也是我的朋友，那时，我说了有这么一个顾老师，写了这么一封辞职信，你的那个老领导还没看到辞职信，但是想了想说，如果真的有这件事，不用去查，一定就是顾少强干的，她就是那样的人，除了她，别人做不出这样的事儿。

当时有太多媒体在找我，其实，我的电话并不难找，我们单位所有老师的电话号码都印在一个小册子上，人手一个。那个号码，我直到 2015 年年底才停用，换成了成都的号码。《成都晚报》的一个记者打电话要求采访我，让我说说成都怎么样。我说，有什么可说的啊，如果我说成都好，你们肯定会大肆宣扬；如果我说不好，你们肯定不会登的，没有意义。挂了电话，那个记者又打了很多次，我都挂断了。于是，他给我的手机充了五十块钱话费。我收到短信，马上把钱充还给他。他发短信来说，顾老师，我以为你不接电话是手机欠费了，就给你充了五十，你别太客气啊。后来，他又给我充了一百，我立马就又给他充还回去了。他终于不给我充话费了。我说，采访归采访，但是，这钱我不能要，咱们非亲非故的，我不欠这个人情。后来，我们成了很好的朋友，我定居街子古镇后，第一个新闻就是他报道的。我说王春，我租好了房子，打算安顿下来，你来吧，我想澄清一下网上的那些事件，冒充我的人依然在，我只是想告诉大家，那些事情跟我无关。

我也见识了另外一些媒体人。一个河南本土的记者，在我接受了《成都商报》的独家采访后，一大早就打电话过来质问我，为什么不把这个新闻给家乡的媒体？还用非常生气的口吻说，她对我很失望。我不知道她为什么对我失望，也不明白我究竟欠她什么。这样的媒体人，终究是走不长远的吧。做事，先做人，人做不好，干什么都成不了。

我还是那个
有点轴的姑娘

　　开了客栈，每天都会有人走进这个巷子深处的小院儿。听到最多的话就是："你就是网上那个特别红的顾老师吧？我们都是大老远慕名而来的。"说实话，我感谢大家的关注，可是我又不愿意打破平静的生活。你愿意跑那么远来看我，我谢谢你，但是不是因为你来了，我就一定要陪你聊天，跟你合影？

　　我不喜欢这样被人关注，他们像参观动物园里的动物，走进院子，在我家的每个角落摆各种造型拍照。如果你真的喜欢"远归"的这个院子，随你，我也觉得于夫设计得不错。但是如果只是为了拍几张照片，发个朋友圈，炫耀一下你见到活的顾老师了，那还是算了吧。

　　有一次我生病了难受，躺到中午才起床下楼，正和院子里帮忙打扫房间的大姐交代客栈的事情，两个女孩儿进来了，坐下就喊我过去聊聊。我勉强笑了笑，走进大厅，开始准备一天的事情，没有过去。然后，就听到她们生气地对我家员工说："怎么这么牛？叫她过来也不来！"我想说的是，我不是坐台的，你也不能点我的台，我没义务一定要每天笑颜如花地接待每一个客人，即使你在我家喝茶消费，我也不一定有时间跟你聊天。即使有时间，我也不一定愿意跟你聊天。这就是我，就是这么轴。我和于夫曾经跟六个住店的年轻人聊天到凌晨两点多，有时候，遇到了，有空了，又恰巧聊得来，自然话多不嫌晚。但是，谁进来我都聊，摆好架势跟你聊上一个钟头，我没那样的力气，我还有我的生活，还有我要做的事情。

记得有一次，来了一群作家，他们在青城山开会，知道我在这附近，就组团来看我。一个年纪大一点儿的作家给我轮番介绍那些人，都是什么知名的作家某某某，我真的孤陋寡闻，一个都没听过。最后，那个年长的作家说，他们都很厉害，圈子很大，如果你想宣传，他们可以帮忙。我还没说话，旁边一个在我家住了三天的客人就接过话茬儿，冷笑着说："人家还用你们宣传？你们这些作家都有什么作品？人家顾老师十个字就全国闻名了。"那些人很尴尬，不再说话。

喝完茶，算账。一个女的可能担任此次出行的会计，问我多少钱。我说两百八。她说，便宜点儿吧。我想了半天，说，那就两百六吧。她嘟着嘴说："我们都是大老远冲着你来的，就便宜这么点儿？"我不喜欢听这样的话，因为，你来看我，和我给你打折，这两者之间没有必然的联系。最后我对她说："就是两百六，我现在没有工作，这是我唯一的经济来源。"

还有一次，一个大老板模样的人来了，坐在院子里喝功夫茶，跟我们说他认识很多大导演，将来可以给我们拍电影。他还带了一个朋友，我不记得那个人是干嘛的，只是陪着坐了一会儿。最后，他们说要走了，起身就要出门。我家大姐追出门问他们要茶钱，那个人脸色马上变了，给了钱，但是悻悻地走了，再也没来过。后来，听于夫说，那个人给他发来微信，说，因为我们收了茶钱，他心里很不舒服。我想说的是，你们确实泡了我家的茶，喝了我家的水，价格是定好了的，那普洱还是不错的，价格不菲。为什么收钱你就不乐意了？况且，我家的茶钱，是要给员工提成的，人家帮你端茶倒水忙活半天，收钱怎么就不行了？我免费请你喝茶是人情，让你掏钱是本分，难道不对吗？至今，我仍想不通他们的道理。

经常有人询问房价时跟我讨价还价，我就说，不行，给你打折了，对别人就不公平了。起初，当朋友们听说我要开客栈了，都很兴奋，第一句话基本都是"那等我去了要免费哦"。我开玩笑地告诉朋友说："谁要求打折，腿就打折。"世间没有这样的道理，因为我开客栈，你就可以免费住；因为我开茶楼，你就可以免费喝。那么，如果你家是盖房子的，我是不是也可以免费要一套房子来住呢？

有一次，傍晚了，恰巧赶上下雨，店里没几个客人。一群人撑着伞来了，说要住宿，要看房间。我带他们看了一圈儿，各种房型都看了，然后一个大妈说：你家这里不好，那里不好。我一直坚信的原则是：你可以不买我的东西，但是不能为了想便宜点儿就说我的东西不好。于是，我带她再次看房间，一处一处指给他们看，让他们知道房价定成这样是有原因的：床不是当地那种油漆味很重的便宜的柏木床，是从广东运过来的高级实木床，运费都快赶上床的价格了；床品是四星级酒店的标准，买的时候，卖家还疑惑，我到底是什么样的酒店，竟然买这么好的床品；我家标间的床都是一米五宽的，为了方便一些带孩子的家庭，宽敞些，晚上带孩子的那个人睡得舒服点儿；洗发水、沐浴露是大瓶的家庭装的"力士"，就摆在洗手间的架子上，随便用；牙刷是家庭用的可以用三个月的那种，牙膏可以用四天，不是小管的；棉拖鞋是飞机头等舱的，卫浴是九牧品牌的，空调是格力的。我家房间里，没有用一点儿化学的东西，无污染，健康环保；三楼的榻榻米，木板都是近百年历史的老板子，刨了，用火烤，做出旧旧的感觉。我和于夫凭良心做事，自己用什么，就给客人用什么。刚开始，帮忙打扫卫生的大姐说，其实不用每次都换床单被罩，客人走了，不太脏，就把头发拣一拣，扫一扫，还能用，好多客栈都是这么搞的。我们坚决说不，坚持一客一洗，决不为了省钱而降低卫生标准。

所以，像我们这样的客栈，应该不多了吧？我去过很多地方，没见过一家酒店像我们这样搞的，但是，我们打算坚持下去。有其他客栈的老板偷偷教我："等到节假日，就先不要卖房间，等到傍晚的时候，很多人都找不到住的地方，满大街都是找客栈的，那时候，你说多少钱就是多少钱，不然，他们就要连夜赶回成都。"我听了，只是笑，坚决不干。为了赚钱，失了人格，得不偿失。

我妈说，过年的时候，店里应该很忙吧？如果忙不过来，她就过来帮我们。但是她又想了想，说，如果我去了，又要占一间房，你们又要少一间房的收入。我姐就在电话旁边笑着说："没关系的，你去了，可以付房费啊。"我妈恍然大悟，说："是啊，我给你帮忙，你给我工资，我住你房间，我给你钱。"我妈帮我们打理客栈，我给她工资；她住我的房间，我收她房间费；我请我妈吃饭，给她零花钱，带她去旅行，给她买衣服和营养品，是我孝敬她。所以，一码归一码，我们家人都能这样，你们就别再让我打折免费了啊，没那样的道理。

一个朋友在微信公众号里留言，说，顾老师，喜欢你的文章，但是有些有广告的意思，现在还太早。我想说，我们没有为任何人打广告，介绍的那些街子人，都是我们敬佩的人，他们也不需要我们去广告，因为同样，他们不在乎物质，也是一群简单到极致的人。

客栈装修时，一个初来街子古镇就认识的人，对一个后来和我们关系非常要好的朋友说："他们现在是名人，有钱，你卖给他们东西时，多要点儿。"那个朋友没有听他的话，反而送给我们好多花草，一分钱也没要。我们不是有钱人，我用第一次在成都给学生家长们上了两堂讲座挣到的一千块钱，帮我和于夫的妈妈捐给了附近一个得了白血病的小朋友，下课后亲自跑到医院，把钱存到了他治病的卡上。我们挣该挣的钱，一分也不能少，捐助给需要的人，我们力所能及地去做，不会心疼。

2015 年的"双十一"，大家都在网上抢购，我没有像往常一样看到便宜的都买，只是买了一些我和于夫过冬的必需品：保暖衣、棉睡衣、冬靴。我不再乱花钱，只买需要的，其他的再便宜，也没有购买的欲望。

前段时间，我以前单位的领导和同事来成都开会学习，专程来街子古镇看我。我的那个副主任，拥抱我好多次，我递交辞职信的时候，她就在主任的办公室，见证了我的离开。我深深记得临别时她对我说的话："小顾，以后不论在哪里，有困难了，一定想着我们。"她哭了，知道我主意正，劝不了，所以，给我支持。同事们参观了远归，然后在三楼天台感叹说："从网上看到过你的一些新闻，以为你的生活提升了一个档次，现在亲眼见了，和你聊了，才知道，这根本不只是一个档次。"那个主任说："别的女同事都把钱花在自己身上，小顾一直在做公益的事情，她和别人不一样。现在，我们看到你的生活，知道你很好，回去就会告诉单位里关心你的同事们，大家也就放心了。"

我和于夫不会改变，随便外界如何评论，我们都不会改变，会一直坚持内心的想法，不坑害别人，尽量做公益的事情。看到了，不做，我们过不了自己这一关。

我的人生
无法效仿

很多人让我谈谈如何才能成为今天的我。我无法给大家很多意见，只能把我的成长经历说出来，仅供参考。

我在黄龙溪的时候，一个记者反复给我打电话，让我说说辞职始末。我说还是不了，没什么好说的，我只能告诉他，我已经在路上了。那个记者说，你至少给我一张你在路上的照片，我不追问你的行踪。我想了想说，好的。那个记者又说，最好是你的背影，在某个地方行走。我说不行，因为我是一个人，这个高难度的动作，凭借我一己之力无法完成，我顶多给你一张戴口罩的自拍照。

于是，我拍了一张戴着口罩的照片发给他。于是，第二天，新闻出来了，用了那张照片。我真的没想到网络的力量如此强大，所有人开始猜测我拍照的地点，还真的有黄龙溪景区的工作人员一眼就认了出来，甚至找到我拍照的那条街。然后，就有一些人，也戴着口罩，站在我站的地方，用同一角度拍同样的照片。我看着新闻就在想，这些人真是闲得无聊，这事儿有这么有意思吗？甚至有一个饭店的大妈，声称回想起我在她家吃的饭，竟然还报出了菜名，说我点了几个菜，还吃了豆花。我真的是在那条街吃的晚饭，当时和于夫在一起，但是，我俩吃的是烧烤，撸的肉串儿，我不知道她是如何清晰准确地回忆起我的。还有一家宾馆，声称也想起我来，说我晚上是在那家宾馆住的，当时登记时没认出我。看了新闻我就在笑，真能编啊，我压根儿没在黄龙溪住过，当时和于夫吃晚饭时因为他让我去丽江而不欢而散，晚上就返回成都了。后来看了看新闻的最后一段，才知道那家宾馆是黄龙溪有名的宾馆，估计也是政府的产业，所以，新闻里自然要提一提，也好做做宣传。

到现在为止，我都认为我是个个案，不足以模仿。当初我离开家，来成都，找于夫，想的就是：如果我不来，我肯定输；如果来了，至少有 50％ 的成功几率，没想到，我幸运地完胜。如果当初我真的就那么离开于夫走了，我俩没在一起，也许，我依然在路上，甚至可能遇到很多事情，艰难坎坷。那可能是很多人愿意看到的，希望多年后我站出来，一把鼻涕一把泪地讲述这几年的漂泊，出一本书，"满纸荒唐言，一把辛酸泪"。可是，那不是我期盼的旅行，如今，我和于夫开了客栈，有了家有了根，有钱有闲的时候一起行走，多好。

雷鸣老师说，我能这样生活是有前提的：首先，我有自食其力往前行走的本事，会唱歌，会跳舞，会魔术气球，能吃苦；其次，我对物质要求不高，容易满足，容易快乐；再次，能够耐得住古镇简单的生活；最后，内心强大，无所畏惧。我想是的，就是因为我是这样的人，所以才敢说辞职就辞职，说走就走，带着那么一点儿钱就敢去看世界。那些羡慕我的人们，你们想买大房子，想开好车，想吃好的穿好的，就不要羡慕我了，我的简单，你们做不到，还是安心工作，走自己的路吧。

辞职信曝光后，很多人开始恶搞我的那十个字，编出了很多段子，在后面加上了很多版本的下联。印象最深刻的就是："钱包那么小，哪儿也去不了。"对于我来说，有没有钱，有没有很多钱，都是要行走的，也是可以行走的。钱多了，你可以坐飞机，住五星酒店，吃豪华大餐；钱少了，你可以坐火车，住客栈，多人混住间，吃路边摊；没钱了，你可以走路、搭便车、住帐篷、打工、啃馒头。目的地都是一样的，但是，过程不同，内心的感受也不同。我反而觉得，没钱，这种感受更为丰富，可以结识很多很多有趣的人，和他们交谈，成为朋友，然后，再分开，你从他们身上汲取力量，继续前行。

曾经在路上遇到一个同路的人，一个年轻的体育老师，我们站在路边举着牌子搭便车从昆明前往大理。路上遇到最多的就是学生和老师，因为以前我旅行的时间大多是寒暑假，这两类人也选择同样的假期出行。我背着一个比我个头还高的大背包，做好了长期行走的准备；他背着一个小包，轻装简行。走在路上，我对他说，稍等一下，我要靠着墙把背包放在这个窗台上休息一下。他看了看我的背包和佝偻的身体，说，姐，要不咱俩换换吧，我帮你背那个大背包。我笑了笑，拒绝了，对他说："咱们只同路一段，你帮我背了，接下来的路，还是要我自己背的。既然我能带这么多东西出来，就必须要背得动才行。你可以帮我一时，但没有人能帮我一世。"于是，稍事休息，我们继续前行。那个大背包，一直陪伴着我，有时坐很长时间的地铁，我就把背包放在地上，等快要到站的时候，提不动，就只能坐在地上，手臂穿过背包带，努力从地上站起来。有时候运一口气就可以抓着栏杆起身，但有时，尝试了几次都不行，于是，有好心人帮我提一把，我才能从地上站起身来。我们家人外出旅行都是这样，自己的东西自己背，背不动就不要带，凡事先自己努力，不轻易求助他人。

我的
荒岛唱片

2015 年 8 月份，回郑州，曾受邀参加一个电台节目《我的荒岛唱片》。假设你流落荒岛，什么都没了，只能带六张唱片，你会选择哪六首歌?

我没有用多少时间思考就有了答案。王菲的《天空》、郑钧的《回到拉萨》、陶喆的《Melody》、迈克尔·杰克逊的《You Are Not Alone》、李宗盛的《山丘》和越剧的《五女拜寿·奉汤》。

每首歌，都是我成长过程中的一个故事，因为那个故事，那首歌也变得不同，刻骨铭心。

《天空》，是我听的王菲的第一首歌。那时我十四岁，上初二，我的同桌是一个剪发头、小酒窝、有着银铃般笑声的可爱女生。那时的我，没听过女生的歌儿，第一次听到王菲的《天空》，还是从她的哼唱中。我从未听过如此动听的歌声，恰好我那个女同学声线也很好，能够较好地翻唱王菲的歌曲。于是，《南海姑娘》《我愿意》《天使》，一首首歌从她口中传出，我就用手臂撑着腮帮看着她听。那些课间，她唱了好多好多首，我也听了好多好多首。对于王菲的喜欢，就是从那时开始的，到现在，有二十多年了，一直未改变。后来，慢慢开始买王菲的专辑，那时还是磁带，慢慢变成了 CD，直到大学的时候，朋友从上海给我买来她刚发行的专辑。那时候我就在想，如果有一天，我工作了，有钱了，就一定要买票去听她的演唱会，买第一排的票，花光所有的钱，然后走路回家。我无数次地想象着自己站在她的面前，近在咫尺，然后，看着面无表情却无比投入的她，高傲地用心歌唱，那个场景，是我能想象到的最美好的瞬间。于是，我开始攒钱，把零花钱攒起来，带着一种希望，一种美好的、终将实现的希望。

可是当我攒够了钱，王菲就不再唱了。几年，连唱片都不再出，销声匿迹。她是真正的歌手，唱歌，是生命的重要组成部分，而不是为了名利争斗。她从不与人比较，甚至被评价有些孤傲，始终生活在自己的世界里。看过一张照片，她在北京的某个小胡同，早晨起来，端着尿盆出来上厕所。那时，她还和窦唯在一起，被彼此的才华吸引。于是记者对着偷拍到的这张照片大发感叹，感叹一代天后竟然过如此的生活。可是，生活不就是应该如此真实吗？难道当了明星就应该什么也不做，统统交给助理，跷着二郎腿指手画脚吗？别忘了，她不仅是歌者，还是女儿，是妻子，是母亲。为了爱的人，做这些事情实在理所应当，没什么可诧异的。真实的生活，才是最鲜活的。

于是我又开始想象，想象着有一天，我开一家酒吧，就叫"菲吧"。里面播放的只有王菲的歌儿，我站在舞台中央，也只唱她的歌儿，来的客人，也只能听她的歌儿。如果你想点别的歌儿，那我就请你出去。直到有一天，她知道了这个酒吧，知道了我，然后忽然在某一日出现在我面前，我激动得浑身颤抖，给她唱一首《红豆》。

之后的那些年，我就生活在这些想象之中，偶尔想起来，自己就忍不住笑。直到有一天，得知她又出来开演唱会了，而且只开五场，我就马上决定，买票，去看。

选了北京五棵松的那一场，那时，"小二班"刚成立，王菲也还和李亚鹏在一起。我托了朋友，还是只买到了高出票价两倍的黄牛票。但是为了她，为了这么多年的等待，一切都值得。周末坐着火车去北京，哪儿也不去，就在酒店里安静地等着，等待演唱会的开始。她依旧是当年的冷酷高傲模样，一点儿都没变，全场，除了唱歌，没说一句话。看多了别人的演唱会，啰里啰唆，和观众互动，把麦克风对准台下，全场高歌。这样的场面，才是真正的演唱会。旁边的观众一直跟着她唱，于是我对那个小伙子说，我买了票，是要听她唱的，你闭嘴。我以为我会激动得流泪，像想象中的，听到出神，着火了雷劈了我也不跑不闪躲，可是，我却无比平静。我喜欢她这么多年，早已熟悉她的一切，像认识多年的朋友，只是远远地望着，就好了。

郑钧的《回到拉萨》，是在表哥家听到的，学会的。那时，房间里每天不断地传出歌声，弥漫在空气里，充满了每一个角落。那时我就知道，有些地方，是可以触及人的灵魂的，是一生一定要去的地方。长大后知道了仓央嘉措，又让我对西藏有了特别的感情，一直幻想着那个雪夜，一个年轻男子趁着夜色逃出来，在玛吉阿米小酒馆和情人约会，然后，溜回来。但是，那场雪出卖了他，一串脚印，让人们寻到了这个身着绛紫色僧袍的他。后来，关于他的传说很多很多，有人说他死了，死在押解的途中，也有人说，他遁去了，就在美丽的青海湖畔。无论是何种结局，那些美丽的诗歌和动听的音乐，至今还在被人们传唱着。

陶喆的《Melody》，是关于一个朋友。他是我高中时的同学，一个个子不太高的男生，上学的时候，我们并没有说过太多的话，不熟悉。可是等到大学毕业，各自有了工作，一群年轻人又聚在一起，几乎每天下班都一起吃饭，聊天，唱歌。那时，我们都没有太多的钱，工资微薄，大部分都没谈恋爱还是单身，所以，相聚的时光总是那么多。我们曾经一个星期去 KTV 五次，每次都是同一家，同一个包间，而他，总是第一个唱，唱同一首歌，陶喆的《Melody》。那时的他，有一个女朋友，小巧可爱，极其相爱。后来，那个女孩儿上研究生去了广州，我的朋友坐火车送她到学校，安顿好了才恋恋不舍地离开。分别的那段时间，他总是在唱歌前打电话给那个女

　　世界那么大，我想去看看

孩儿，然后，深情地，唱完整首歌。有时候，已经很晚了，也许那个女孩儿已经睡了，于是，会被评价为"神经病"。而他，只是笑，一只手拿着电话，憨憨地，甜蜜地笑。

我们一直以为他们会天长地久，就像他认为的那样，坚信不疑。过了没多久，一天晚上，我正在外面和别的朋友吃饭，就接到一个电话，是我另外一个同学打来的。电话里，声音低沉，沉默了几秒钟，那个同学告诉我，他，出车祸了。

我一路大声哭着赶到医院，病房里，他躺在病床上，脑袋上缠着厚厚的纱布，闭着眼睛，发出野兽一般的呻吟声。他出了车祸，在过马路的时候，一辆赶着送客人去火车站的出租车撞到了他，送到医院，做了开颅手术，至于能不能苏醒，还是未知。病床旁边是他的父母，哭泣着，拉着他的手，旁边，还有别的同学，还有，他的女朋友。我的眼泪一直流，一直流，我不顾一切地趴在他身上痛哭起来，忘记了人家的女朋友还站在旁边。他，是我最好的哥们儿，只要我给他打电话，无论何时，他总是能出现，陪我聊天，请我吃饭，打发无聊的时光。我不知道经历这场车祸他会怎样，还会不会醒过来，微笑着看着我，像往常一样，叫我"强姐"。

一连几天，我下班了就去看他，但是，每次他都是闭着眼睛，痛苦地呻吟，不断地扭动身体，对他说什么话，都没有反应。我想起了那首歌，那首《Melody》，他唱了无数遍的歌，我想，我可以试一试，也许，这首歌可以帮他醒过来。

那个时候，还没有什么网上音乐 APP，想听什么歌儿，必须去音像店买。他妈妈找来一个老式的磁带机器，我就跑到音像店，去找有那首歌的磁带。终于找到了，我买回医院，放到机器里面，一直重复播放那首歌。几天过去了，再去看他，他已经可以在床上坐起来，虽然头上依旧缠着厚厚的纱布，但是，他醒了。

只是，他和以前的那个他，有了一点儿不同，也许是头部受到了重创，他记不得一些事情，但是，变得更快乐了，说话的时候总是在笑。他依然记得我，叫着我"强姐"，我的眼泪又流下来了。

很多年过去了，他结了婚，有了个可爱的女儿。生活，还在继续，那首歌，不知道他还会不会再次唱起。

每首歌，都是一段记忆，有些像极了你那时的心情和境遇，有时，可以帮你表达内心的感动。我喜欢音乐，喜欢在旋律里面放松心情，也许有天流落荒岛，我也不能舍去。

陆

读 书 与 旅 行

Part Six

我依然保持着阅读的习惯，在阳光洒落的院子里，一本书，便组成了一段美好的时光。读书和旅行，原本就是应该在一起的。读万卷书，之后必然是行万里路。旅行，不仅仅能够看风景，还可以改变你的态度。

关于
读书

　　一直坚持看纸质读物，喜欢手触摸纸张的感觉。目光在大大的书架上游走，那些书名，已经足够温暖。取下一本心仪的书籍，捧在手上，手指在封面上摩挲，有时，会有凸凹不平的立体感，有时，会感受到遥远的、作者表达的温暖情绪。我们都是极爱惜书的人。小时候，每个学期发了新书，妈妈和姐姐就帮我用厚厚的挂历认真地包起来。后来，我学会了自己包，每次开学领了新书，就用漫长的一个下午，坐在桌前，选择喜欢的挂历图案，一本一本包好。

　　后来，人们不用挂历了，日子，不再可以在纸上标注，故事，也只能记在心里。开始流行那种塑料压制好的成品封皮，但是，我一直爱不起来，还是四处找纸张，自己动手包书皮。一个学期下来，书皮破旧了，可是拆下来，书还是新的。

　　妈妈告诉我，看书要爱惜、要用书签，不能用舔湿的手指翻页、不可以看到一半为了做记号折页、不可以用手掌按压书缝……到现在，我们家里的好多书，都还包着书皮，摆在书架上，整整齐齐。

我和于夫都喜欢逛书店，只要经过，看到了，就一定要进去，即使在机场，也会买一本带在路上看。不习惯在手机上看电子书，虽然省钱，大部分是免费的，只有少部分的需要付费，但是比起买书，还是便宜得太多。曾经在手机上下载过一些书，选了喜欢的，留着有空的时候看。可是那种闪着光的屏幕，却无论如何也无法让我投入，只是看了两三页就不再看了，然后删除，最后，还是买了一本纸质的来读。

据说，国外的很多地方，那里的人们喜欢读书，无论是在地铁上还是咖啡厅，总是包里装着一本书，一有时间就拿出来捧着看。甚至有人计算过，我们中国人阅读的时间，少之又少。现在的人们，有了手机，便无所不能，每天时不时地翻看手机，尤其是有了微信以后，经常可以看到，一群人聚会，每个人对着手机不说话，不交流，各自忙活着。我不喜欢这样的方式，不喜欢把时间都交给网络，而让人与人之间的距离加大。

我依然保持着阅读的习惯，在阳光洒落的院子里，一本书，便组成了一段美好的时光。有了书，即使没有人陪伴，也不会感到寂寞慌张，内心深处暗藏的那股力量，哪怕在深夜，也会让你的身体散发出光芒。人生总是需要有一些时间是一个人独处的，远离人群，远离喧嚣和纷扰，只寻一处角落，捧着一本书，便可以心静如水。

儿时的
旅行

　　小时候，妈妈经常出差，总是喜欢带上我。那时，火车开得好慢好慢，去趟青岛，就要坐一天多。我不喜欢逼仄的空间，从起初对晃动的车厢和窗外一晃而过的景物的好奇，慢慢变得焦躁不安，开始哭闹。妈妈抱着我，给我讲故事、唱儿歌，拿好吃的哄我，好不容易才挨到站。我开始讨厌出行，讨厌漫长的旅途。可是，等到了青岛，我又高兴起来，第一次站在海边，在海滩上光着小脚丫捡拾贝壳，那次，我还捡到一条搁浅的小鱼，放在小小的瓶子里带回家。至今，我仍能回想起那次的海滨之行，长长的海岸线，水天一色。

　　后来，小学毕业，表哥表姐们带我去旅行。因为是暑假，选择的仍旧是海滨城市，秦皇岛、北戴河，还去了北京。我第一次坐了过山车，在表哥的怂恿下，勇敢地坐在第一排，表哥说："要玩就要玩儿得痛快，坐在第一排，没有前面人的遮挡，一览无遗，那才过瘾。"我哆嗦着跟着表哥坐下来，可是却吓得眼睛都没有睁开过。

再后来，我高中毕业，和三个好友一起跟团去日照。四个女孩儿，选择了便宜的旅行团，一路坐着硬座，痛苦地坚持。为了让同座的女同学睡得舒服些，我把小小的座位让给她，自己蜷缩在椅子下面的地板上，听着车厢里此起彼伏的呼吸、梦呓声、孩子的哭闹声，渐渐入眠，却又睡得不沉。那一夜，难挨极了。可是到了日照，一切都变了，四个女孩儿，同窗三年，即将各奔东西，在海边戏水，拍照，记录着我们的友谊。如今，我们依然感情深厚，即使多年不见，即使我们不在同一座城市，当年一起旅行的快乐，将永生铭记。

年少时的我，没有太多的想法，没有特别想去的地方，旅行，只是因为有了漫长无聊的暑假，随便选择一个地方，看看风景，吃吃美食，逛逛景点，随波逐流。那时的旅行，还不能称之为旅行，只能算作旅游罢了。而真正改变我人生态度的一次旅行，还是在工作后的第二年。

改变
之旅

　　2005 年的 5 月，那时我们学校周末还只是休息一天，没有执行双休日。刚投入工作的我们这些年轻老师，工作中格外努力，加班加点是常事，到了周日，好不容易休息一天，就只想赖在床上睡懒觉，门也不出。偶然听姐姐的一个朋友谈起，他老家在西安，周日要回去接母亲来郑州常住，问我要不要同往。西安，我从未去过，也没什么了解，只是觉得既然假日无聊，正好又有个当地人陪同，去看看好了。周六晚上踏上火车，周日清晨六点多钟在临潼站下车，他先带我去看兵马俑。

　　站在兵马俑一号俑坑的栏杆边，看着那些或完整或残缺的兵俑，我忽然感到难过。不知是谁在旁边讲起，当年那些做兵俑的工匠，对坐着，按照对方的样子，塑了一座座人俑，最后，为了守住秘密，被坑杀。好多人在我旁边摆造型和兵马俑合影留念，我，只是站着，默不作声，眼泪就流下来了。走到一号坑最里面的围栏处，一些人正在修补残破的兵马俑，我大声地说："我可以留下来修兵马俑吗？"

那人抬头望了我一眼，用纯正的陕西话说："不要女娃！"现在我在想，如果当初他肯收我为徒，也许，如今我还在俑坑里面日复一日、安安静静、专心地修复兵马俑。

那天，朋友还带我去了回民巷、大小雁塔、鼓楼钟楼，在西安的古城墙上骑着自行车飞奔。一天，我匆匆游览了西安，虽然仓促，却让我对历史和文化有了更深刻的体会。周日晚上，我乘火车返回郑州，周一早晨七点到达，直接到单位上班，刚刚好。我问同事，你们周日都干吗了？他们打着哈欠说，什么也没干，就是睡懒觉、看电视、洗衣服。那次的西安之旅让我明白，其实，旅行没那么复杂，只要你想，一天，也可以变得不同。

之后，我去过无数次西安，有时是专程驾车去，有时只是经过，逗留些许时日。我至今仍无法解释，为什么我会对西安那么钟情，甚至无师自通地学会了西安话，而且说得有模有样。

旅行，不仅仅能看到风景，还可以改变你的态度。

之后无意间在电视上看到一个节目，讲的是西安附近的法门寺当年发现地宫的事情。那是一座神秘的古塔，历经磨难，却守住了秘密。始建于东汉末年，因地宫供奉佛指舍利而建寺，后经历代焚毁、破坏，多次重建。民国时期，上海实业家捐资修建，重修法门寺时，曾经有匠人偶然发现了地宫的一角。当时中国大地处于内忧外患之际，战火正炽，日本侵略者的飞机轰炸西安，向其周边逼近，到处是流离失所的灾民，何况震惊世界的清东陵盗陵案刚发生了不过十年。为了确保地宫安全，主持法门寺重修工作的朱子桥先生立即召集知情人，要求必须立誓保守此秘密，决不让外人尤其是贪婪的日本人知道，否则就是中华民族的千古罪人。事后证明，这些知情者确实是顶天立地的秦川汉子，一诺千金，果真无人将地宫秘密泄露出去。朱子桥等人又将地宫入口重新封闭起来，还对外谎称塔下洞内毒蛇盘绕，根本无法进入。"文革"期间，红卫兵欲挖地开塔，良卿法师点火自焚，用自己的生命保护了塔下珍宝。直到1976年，四川地震波及扶风县，又恰巧遭到雷劈，塔身断裂一半却屹立不倒，重修时，地宫的秘密才再次被发现，令人惊奇的是，历经数千年，地宫中登记在册的宝物，一件不少，更是找到了佛指舍利。

听到这样的故事，我对西安法门寺更是添了一份向往。那些当年的皇族，是如何恭敬佛指舍利，用那许多的珍宝供奉；那些当年偶然发现地宫的农民，没什么大的文化，只是因为一句诺言，守住了地宫的秘密；动乱时期，舍生取义的法师，自焚护宝，那又是怎样的境界？只是，后来在网上查阅资料，看到如今的法门寺被修建得富丽堂皇，却再也寻不到当年的模样，故至今没有亲自前往。

我们的民族，历史悠久，古建筑之精美，让人赞叹不已，只是，我们把古建筑加入了太多现代的元素，景点越来越像景点，失去了原本的味道。

心中的
敦煌

　　读书和旅行，原本就应该在一起的。读万卷书，之后，必然是行万里路。很多年前，读余秋雨的《文化苦旅》，其中篇叫作《道士塔》，讲的是名叫王圆箓的道士是如何发现莫高窟的藏经洞，并将一卷卷经文典籍拱手卖给外国人的。最后，余秋雨老师还附了一首诗，是一个当代中国青年诗人写给火烧圆明园的额尔金勋爵的。那篇文章看得我血气倒流，义愤填膺，反复读了多次，为那无知的道士和无耻的侵略者的丑恶行径而愤慨不已。于是，之后的五年，我不断地查找有关莫高窟的资料，恰巧当时中央电视台一部名叫《敦煌》的纪录片正在热播，并且之后还出版了一本同名书。我几乎查看了所有网上可以查找到的资料，关于敦煌，关于莫高窟，关于道士王圆箓，关于掠夺者斯坦因、伯希和，关于鸣沙山、月牙泉。

　　如果，只是从书上余秋雨老师的那一篇文章，你看到的王圆箓是一个无知的、贪婪的、卖国的卑鄙小人，可是又翻阅了那么多的资料，才清楚看到整个事件的始末：他是一个道士，机缘巧合看守佛教圣地，无意间发现藏经洞。那堆如小山的经卷典籍，为他一人打开，洞窟千年的秘密，绽放在眼前，那千年经卷的故事才揉揉朦胧的睡眼，又看到了敦煌的三危山。他曾上报于朝廷，他手写的奏疏，不知是否呈到慈禧太后面前，反正最终无人关心。他曾将挑选出的一些经卷送至附近的官绅和士大夫们，但是，最后只是落得个"书法还不如自己写得好"。曾有叶昌炽隐约感到这些经卷的重要性，想运送到省府兰州保存，可最终得到的答复是"没有经费"。

然后，外国的考古学家听闻，随即千山万水地赶来，想尽办法求取佛经。王道士还是警惕的，没有轻易应允。然后，他们想出了个能打动他的办法，不是重金诱惑，而是说，当年玄奘西行取经，他们是效仿玄奘，东来求经。王道士终于首肯，于是便把这些中国的瑰宝，以极低的价钱，卖给了这些人。附近的人听说王道士得了钱财，纷纷来讨要，最终，这个道士，装疯卖傻，才躲过一劫。王道士用经卷换来的银两，并没有独自享受，而是全部用来修复洞窟，一生都没再离开。然后，便有了这大泉河畔的道士塔。

用了五年的时间，我才有勇气走近敦煌，走近莫高窟。2010 年暑假，我只身背着背包，去了敦煌。在敦煌待了三日，才去了莫高窟。沿途的戈壁，一片荒芜，我心跳加速，一言不发。车子越开越近，我的呼吸急促，心情难以平复。近乡情怯，我用那么久的时间用心来了解敦煌，了解莫高窟，如今真的走近，心中却思绪万千。在莫高窟前，我给姐姐发短信，姐姐只回了一句："莫高窟，莫高哭。"

我知道,唯有她是懂我的,懂我的这份心情与纠结。跟随着讲解员,看她面无表情地从口袋中掏出钥匙,打开一个又一个洞窟的门锁,那数千年前工匠营造的洞窟,便呈现在我面前。带着本子和笔,认真地听,认真地记录,如今,这个记录着我当时见闻和心情的本子,还在我的身边,离开家时,所带的东西不多,那本《敦煌》和这个本子,却是重要之物。那些了熟于心的洞窟、雕像、壁画,如今真实地呈现在眼前,我有点儿不敢相信,只是默不作声,任凭心跳加速,认真地看。墙壁已经斑驳,当年鲜艳的壁画,如今已碳化成墨色,但飞天,仍生动地挥舞着长袖,腰身曼妙,漫天飞舞。一些墙壁上,已经被游人刻上了"到此一游"的无聊印记,心中,只剩慨叹。

千年的营造,千年的供奉,千年的修行,这里走过许多人,也留下许多人。穿越历史的长河,我仿佛看到了一代又一代的敦煌人,他们虔诚地跪拜,久久不起。那凿壁的锤、画笔,又散落在何处?是掩埋在鸣沙山的漫漫黄沙之中,抑或是沉在大泉河底呢?

两千年前,僧侣们将它封存,一百年前,王道士将它开启。这一切,是注定还是巧合?虽然前者的信仰是释迦牟尼,后者的信仰是天师,但,只要有信仰就是好的吧?就不会陷入迷茫之中如行尸走肉般游走。当一个人有了信仰,精神便不再贫瘠,再没有什么可以撼动他的心。信仰,不一定是加入哪个教派,或拘泥于某种形式,而是对于生活的憧憬,对于未来的期盼,善良,真诚。

在敦煌的日子，总是恍惚，不断听到驼铃声声。也许，千年之前，我真的从这里走过，沿着丝绸之路一路西行。又或许，我也是这无名工匠中的一员，默默地，在某一个洞窟中描绘过圣僧。看到一副赵僧子的"典儿契"，清苦的画匠也难逃典儿的命运，他们执着地握紧画笔，却放开了儿子的手。沉默的画师们，在这里画了，死了，葬了，连名字也不曾留下，一切的记忆，都随着这塞外西北的风，掩埋在漫漫黄沙之中。外国掠夺者肆意地粘走壁画，诡异地笑着，在斑驳的空洞的墙壁上，写上自己大大的名号。

一些洞窟，华美的色彩如今依稀可辨。历史带走了它该带走的，也留下了它该留下的。漫长的丝绸之路，送走了多少精美绝伦的丝绸和碧玉，也引来了那许多西方珍贵的宝石，化作这洞窟内艳丽的色彩，使壁画、佛像不再寂寞。

走出莫高窟，我放声大哭，许久难以平复，引得路人侧目。至今我也无法说清楚，为何而哭。

想再去看看敦煌秋天的样子，那时的胡杨最美，像女人羞红的脸庞，但笑不语，陪着黄沙，染红戈壁。

在敦煌的最后一晚，一个人，在沙洲夜市闲逛。人说，胡杨木，千年不死，死后千年不倒，倒后千年不朽。我选了胡杨木做了印章，坐在买买提的烧烤摊上等待印章的刻制。一个陌生人，点了一串烤肉，一瓶啤酒。按照郭德纲的思维，那是要把铁签子撸出火星子的架势，于是，叫了那个人坐下来一起喝酒。我不知道那晚在沙洲夜市上唱了多少遍田震的《月牙泉》，起初是花了钱，找了经过的背着音响设备的师傅唱的，两块钱唱一首。后来，我就不需要伴奏了，踩着凳子站在桌子上，一遍一遍地唱，直到凌晨四点。无人打断，也无人喝彩。我就那么声嘶力竭地唱着，没有人喊停止。后来参加央视的节目《开门大吉》，其中一首歌就是这首《月牙泉》，音乐刚响了两句，我就猜出来了。

临涣的
茶楼

　　偶然在网上看到一组图片，讲的是安徽的一个小镇临涣，那里的老人们保持着喝茶的习惯，成为生活的必需。据说，这里有世界上唯一保留下来的茶楼。

　　于是想去看看。就在 2012 年的五一节期间，我去了这个小镇，探访那古老的茶楼。好久没有这样的旅行，一个人，冲着一个向往已久的小镇出发，义无反顾，决绝地，有点儿像逃离。这应该是我最难寻觅的一个地方了，在网上查了许久，才查到如何去到那里，坐了许久的车，在凸凹不平的路上颠簸，才走近临涣。

　　到了临涣，以为住宿的问题很好解决，毕竟，哪里还没有一两家客栈。但是我错了，错得很彻底，我寻访了镇上的很多地方，才找到一家留宿的地方。一位佝偻着的老人打开一间紧锁的房间，顿时，一种发霉的味道扑面而来，狭小的空间，一张床，上面的被褥，不知道多久没洗过，散发出腐朽的味道。那老人说，住宿，十块钱。

我转身离开，仍旧没有放弃寻找，实在不行，那里，至少遮风避雨。一辆摩托车迎面驶来，我伸出手臂，拦下那个人，他戴了头盔，看不清眉眼。然后我对他说，你可以带我去找一间住所吗？

那个人骑车带我去找到了一家住所，镇上仅有的一间客栈，只有我一个客人。安顿下来，我洗漱完毕，出来吃晚饭，然后看到，一个骑着摩托、对我微笑的年轻男子，他叫红林。

在镇上最古老的"怡心茶楼"坐了一个上午，一壶棒棒茶，一块钱，可以一直续。把钱放在桌角，自己动手抓一把茶，拎水壶冲泡，无人理你，像是在自己家一样自在无拘束。

以为早上七点来，可以坐在门口的石墩上如茶客一般等着茶楼开门，一脸虔诚。谁知到了，已然坐了满满的老人，炉上的水早已沸腾。

找了个位子坐下，旁边的大叔便和我聊天，给我讲临涣，打听我从哪里来。拍了好多照片，答应冲洗好了邮寄过来，让茶楼老板分给大家。一位穿军装的老人眼睛里发出明亮的光，他说，自从1954年当兵拍过一张照片，此后就再也没有拍过照了。他反复叮嘱我，一定要寄啊姑娘，好多人都来拍过，可是还没有人给他寄来。

收音机里播着不知是大鼓还是梆子之类的戏曲，一个洪亮的声

　　　　世界那么大，我想去看看

音回旋，只是听不懂唱的是什么。这让我想起小时候依偎在姥姥身边听过的那些戏曲唱段，也是咿咿呀呀，听不懂却觉得温暖、安全。

上午十一点，茶客们陆续散去，买了新鲜的蔬菜，回家做饭、睡觉，下午便不再来。大叔走的时候凑近我小心翼翼地说："有句话，我一直想说，可是又怕你烦我。你长得好像我家早逝的女儿，她得了白血病，走的时候二十五岁，已是六年光景了。"我笑了，算算应该是和我同岁的，没有感觉不吉利，反而亲切。人和人之间本就该是互相温暖的，他在我身上得到了慰藉，我也自他处找到了归属感，我们两个陌生人便有了联结。

起风了，天气还是有点儿冷的，我用披肩包裹着自己坐在茶楼门口的破木桌子上写字。不断地有游客进进出出，让那个瘦弱的烧水的店员费力地举起八个茶壶摆出待客的姿势，还要大声叫喊，好显出气势。拍完，心满意足地离开，然后，在欣赏照片的时候，可以说，我来过这个地方。可是，茶楼会记得他们吗？我也不会被记住。虽然不时有游客过来和我攀谈，猜测着我是什么作家或者记者，诧异地看着独自一人跑到这里的我，觉得不可思议。

喜欢安妮宝贝的一段文字："我的身体里有一种力气，由蓬勃的生命力、热烈情感、不羁野性、意志和智性互相混合搅拌而成。这种力气，使我对生活持有刚硬的叛逆之心。只是，极少有人看到过隐匿于我身上的不合理不平衡的艳光，而这原本是一个女子生命的本质所在。即使没有这些观望欣赏，我也会在时间中衰老死去。"

傍晚时分，茶客、游客早已不见踪影，只剩我一个人，看书、喝茶、写字。

老板的外孙忽然间哭闹起来，眼泪瞬间流淌。孩子才有这样的功力，眼泪可以和情绪同步，无须掩饰，而我们，却已习惯不露声色，唯有一个人独处时才敢面对真实的自己。我们太清楚规则，知道允许与禁止，不轻易碰触，以换得别人认可的或者冷漠的眼光。我们太在意自己在别人眼中的样子，无法看轻自己，所以，也无从看清自己。

水已不再滚烫，老板已把炉内的炭火熄掉，等待明日开张。茶水依旧是上午的褐色模样，并无区别，因为这里的茶不是嫩叶，只是茶梗，短短的，伴着随时飘来的尘土、烟灰，在碗盏中肆意回旋。

这样的茶在别的地方应该是不会有人愿意喝的吧？廉价得让人认定它的低贱，似乎也拉低了自己的品位。品位？可是几百、几千元一两的茶叶，他们又能品出何种不同味道呢？只是随声附和，不明就里罢了。水中，原来可以照见人生。

老板的儿子在门口拍照，农业大学的研究生，艺术家的样子，据说已有好多地方请他，他都不应。传承了这许多代的茶楼，他大概也是不愿接手经营的，一天忙到晚也入不敷出，只有接待领导和团体时才能卖上个好价钱。年轻人怎会愿意去做？如今，大多数人最守不住的，便是寂寞。

有妇女推着孩子进来，放在我面前，自顾自地去看墙上的照片。孩子啃着坚硬的饼，睁大眼睛看着我。有点儿羡慕这个孩子，每天在茶楼前经过，再大些，可以和爷爷一起来这里喝茶、听戏，看老人们打牌、下棋、抽烟袋。只是，他们长大了，最终也会逃离，去大城市寻找梦想，但是，自离开后，他再不会在世界上任何一个角落见到这样的地方，甚至会忘记它的全貌，认定自这里出生是一种耻辱，这个小镇辱没了他，不愿对人提及。

曾在乌镇清晨的小巷里遇见一只猫，白色的身体，舒服地蜷缩在街角的木门前。后来，在西塘也见到过同样的一只，在小桥流水边悠闲漫步。我一直怀疑这是同一只猫，只为在不同的时间空间和我相遇。

曾想着也做这样的一只猫，于是留下便有了借口，变成自然而然顺理成章的事，不妨碍他人的生活，即使没有一只合意的猫陪伴，也可以在短暂的生命中张望世界。这样轻省简单的生活是我渴望的，时间变成最不值钱的东西，随意流淌，无人关心。

茶楼门口挂着七八个鸟笼，傍晚时分，它们也开始恣意鸣唱。那天凌晨三四点钟，我就是被这样的鸟鸣声唤醒。一只黑色鹦鹉叫着："老板，接电话，喝茶，爸爸，妈妈……"白天的喧闹中我未曾听清楚的话，此刻清晰可辨。它是从茶客、孩子的口中学会这些，还好，它未曾忘却自己的语言。

在临涣的第三天，我睡得不好。住在便宜的旅馆，午夜时分被人们的响动声惊醒。屋内漆黑一片，被褥散发出难闻的味道。我起初蜷缩在床上，不敢动弹，竖起耳朵继续听是否还有响动，像一只机警的猫，随时准备跳起来。可是，我的床头，除了相机，再无其他坚硬之物，一切抵抗注定徒劳。忽然光脚走下床，就这样站立在门口，不动也不说话，深吸一口气，猛地把门打开，却只见空荡荡的走廊和外面昼夜不眠的灯。只是在那一刻，我看见自己的脆弱。这是我一直不肯承认的，却如影随形，片刻未离开过我。

于是打开灯，半坐在床上，望着斑驳的墙壁，睡意全无。只是更深露重，一切都注定要长久地笼罩于黑暗之中。我从未如此渴望黎明。

终于还是睡着了，这所有的恐惧都毫无衰减地进入我的梦境，破碎的、黑暗的，似乎一直被人追赶，逼仄的道路没有尽头。我一直在奔跑，不时回望，气喘吁吁。一直想不起来什么在追赶我，这莫可名状的恐惧一直笼罩着我。

清晨，被音乐声吵醒。旁边是一所学校，设定好的音乐，在节假日也未曾停歇。于是，我张开眼，阳光自窗外洒落进来。又来到茶楼，刚走到街口，便听到有人问我："又来了？"原来是茶楼里那个精瘦却能干的伙计。茶楼里照样坐满了老人，一些昨天见过的、拍过的老人，冲我点头微笑。我应该是被记住了，虽然这记忆短暂，也许随着我的离开，他们仍是每日来喝茶，却再也记不起这个逗留三日的奇怪女子。这让我想起《廊桥遗梦》里的摄影师，陌生人的造访，全镇皆知。我在这里，也是有着这般影响力的。每天清晨背着相机，用披肩包裹的奇怪女人，默默地走过小巷，在茶楼坐上许久。

在临涣认识一个年轻人红林。就是他，在我到达的第一天，带我寻找客栈。他让我斜坐在后座，一路狂奔，裙角飞扬。找到住处，休息片刻，我又游荡着出来找地方吃饭，谁知又遇到他，于是一起吃饭聊天。他是沉默的，只是冲着我微笑，听我不停地讲啊讲，然后带我去逛古镇。经过一所矮小的房子，屋内漆黑，传来老妇人的窃窃私语，却瞧不见人影。红林说，这是他上过的幼儿园，他的老师已不在人世了。抬起头，我看到了北斗七星。这是我第二次看到，幼年时在姑姑家的天台，那个闷热的夏夜，我看见它，然后沉沉睡去，被姑姑抱回床上。记忆中，似乎很少被拥抱过。母亲太忙，在外繁忙工作，经常出差，一回家就洗全家的衣服，等她忙完，我早已熟睡。多年后，和妈妈在周庄的桥上喝啤酒聊天，讲起童年往事，我说，我多渴望你回家后能先过来抱抱我、亲亲我，抚着我的头问我今天过得好不好。可是，你从来都没有。我理解，但是不接受。这些话令妈妈难过，可是，一切都不能重来，我就这样长大了。每个人都会长大，不管以什么样的方式，不管你愿不愿意，幸福的，或是遗憾的，都注定是一种方式。

红林说，我很想让你拍拍我的儿子，他才两个月大，只是现在跟妈妈回外婆家去了。我说好的，下次我还会来，到时拍。我问他，红林，你没想过出去吗？离开这个小地方，你又不爱喝茶。况且，在矿井下面工作，实在危险。他只是笑，说，他老婆总想在市里买房子，搬到那里去，可是，他喜欢临涣，没想过离开。我说，太好了，红林，你留下吧，守住这里，虽然我没有权利要求你这样做。

夜晚，他带我去看古城墙，杂草丛生，几乎看不到路。他说，这里有好多坟墓，你怕吗？我裹紧披肩，说，不怕。于是我跟着他走上城墙。我问他，这是什么时代留下的？他说，不知道，大概千年了吧。小的时候他和伙伴常来这里，秋天的时候，还有金黄的麦子。我没有看到麦子，四周无光，雨一直下，脚上沾满这千年的泥土。

红林说，这里的好多人都认识他的，吃饭时，隔壁桌的老人就是他家的邻居。我问，那明天他们会告诉你老婆，你和一个女人在这里吃饭聊天吗？他笑，说："昨天回去我就打电话和她说了，说我遇到一个找不到住处的……""奇怪的女人。"我们几乎同时说出了这几个字，然后大笑。

红林发短信给我说，希望你回去后把你对这里的感受告诉身边的朋友，让更多人了解我的家乡临涣。很开心，我在他身上看到了固守。

山间的
诵读

　　每次旅行，我都要带一本书。漫长的旅途，阅读，是重要的事情。

　　曾经和一个好朋友周末一起去登山，她是语文老师，美好得不像话，不仅外貌酷似董洁，小巧玲珑，有着迷人的酒窝，而且，她的课讲得极好，我经常去听她讲课，坐在教室最后一排，她在台上讲，讲到激动处，声音颤抖，泪流满面，我就在后面老泪纵横，前后呼应。

　　我喜欢和她一起旅行，在路上，她会给我讲好多东西，一边开车，一边听她用甜美的声音给我补课。我一直好奇，她怎么可以记住那么多东西？我的记性向来很差，于是，她是我旅行时的补习老师。

　　那个周末，我们开车前往新乡的万仙山，因为当时刚学会开车不久，听说山路崎岖狭窄，就把车停在市里，然后搭长途车进山。到达时，已是黄昏。下车买票，队伍长长的，等我们买了票，谁知大巴车已经开走，无情地抛弃了我们。站在景区门口，望着远处的山，询问了工作人员，得知进山至少还要开半个小时的车，我们步行，是万万不行的。天色越来越暗，心急如焚。那个姑娘已经没了主意，开始拿出手机给男朋友打电话，讲述现在的情况。我让她挂了电话跟我走，因为那时，给谁打电话求助都鞭长莫及，万事只能靠自己。我带她站在景区门口，向每一个停下来检票的司机求搭车，但是那天太巧了，全部都是一家人出行，车里坐得满满的，根本带不了我们，有心无力。那姑娘更慌了，我安抚她说没事，实在不行，就往外走，没多远就有人家，刚才路过时我就留心了，有住的地方。正好遇到一辆旅游车过来，我就机警地跟司机商量，最终好心的司机让我们上了车。但是车只能带我们到半山腰的停车场，天黑了他们也不往山上开了，不安全。

下了车，环顾四周，一片漆黑寂静，只有一处有灯光，像是旅馆。我们就飞奔过去，正赶上有最后一间房，所以，毫不迟疑，马上成交。那个时候，只要能有住的地方就已经不错了，至于环境，不能挑剔。

第二天清晨，我们开始登山。秋天的山里还是很冷的，那姑娘只穿了一件薄薄的帽衫，我还穿了一件皮衣。我看着瑟瑟发抖的她，说要把衣服给她穿。她一把拽住，死活不要，说不冷。那天，山里的游客很少，我俩就坐在山间小路的石阶上，她拿出庄子的《逍遥游》，大声地给我诵读，然后，绘声绘色地给我讲。我第一次尝试在山间去阅读，两个人，依偎在一起，捧着一本书，全神贯注。偶尔经过的游客，用诧异的眼光打量我们，我们却丝毫不理会。在山的最高处，有一家面馆。我们要了两碗面，那姑娘哆哆嗦嗦地说："老板，快点儿先上两碗热面汤，冻死我了。"至今，我仍能清楚地记得她用冻得通红的双手捧着那碗冒着热气的面汤时的场景。她是那么爱我，每次，都是为我着想。在我递交了辞职信后，她邀请我一定要去趟她家，让她妈妈教我如何做"生氽丸子"，她说："这个不太难，学会了，以后在路上实在无法生活了，就在路边摆个摊儿，卖这个。"她妈妈人很好，一步一步认真地教我，最后说："以后我回老家找人给你做个模子，那样你做起来就省事儿些。"她把我送到楼下，还有她老公和她一岁多的儿子。我说，我要走了。她就抱着我哭。我知道，她舍不得我，不知道今后还能不能见面，能不能像以前那样，一起爬山，一起读书，一起捧着大碗的冒着热气的面汤。

三毛与
安妮宝贝

　　读三毛和安妮宝贝的书，还是在工作以后。那时，有了时间，便去学校的图书馆借阅书籍，曾经很长的一段时间，给自己制定了目标，每天必须读完一本书，以提高读书的速度。那段时间看了很多书，每天读过的书，都登记下来。三毛和安妮宝贝的书，就是在那段时间内看的。喜欢的女作家不多，三毛和安妮宝贝算是其中的翘楚，她们都是向往自由的人，不受羁绊，爱得勇敢炽烈。我喜欢这样坚毅的女子，不依附于任何人，永远屹立成自己喜欢的样子，独立，果敢，无所畏惧，目光如炬，无论多么坎坷曲折，梦想，始终不曾磨灭。这样的书，对我影响极深。素来不喜欢言情之类的书籍，青春期时学业繁重没有时间读，等到大学时，看到同学们人手一本捧着彻夜不眠，我也效仿着租来一本，只读了几页，就无法继续下去。捧着书在宿舍踱着步念给同学们听，她们笑得前仰后合，劝我还是不要看言情，实在不适合我的性格。搞不懂那些女人，自怨自艾，动辄哭得梨花带雨，呼天抢地，将自己的幸与不幸，都寄托在一个男人身上，而往往，被弃之如草，命运多舛。人，本应独立，任何时候，都不应该把希望寄托在他人身上，才能焕发出耀眼的光芒。如同三毛那段经典的话语："如果有来生，要做一棵树，站成永恒，没有悲欢的姿势。一半在尘土里安详，一半在风里飞扬，一半洒落阴凉，一半沐浴阳光。非常沉默非常骄傲，从不依靠从不寻找。"

羡慕三毛与荷西的生活，虽困苦，但仍能找到生活的乐趣。曾无数次地梦想，希望自己也能找到这样的伴侣，一起看日出日落，四季更替，踏遍千山万水，始终牵手而行。我和于夫，也是因为一本有关三毛的书而相识，看来，这真的是种难以解释的缘分。曾看到有人去国外寻找荷西的墓地，无人知晓，这个让万千中国女子敬仰的传奇人物，只是安息在一座普通的坟墓。我想，我和于夫也要去看看他，谢谢他，曾给我们挚爱的三毛一个浪漫的爱情。

吴哥窟与
花样年华

关于电视剧、电影，我喜欢文艺片，这似乎又为我是一个文艺青年提供了佐证。很少看喜剧片或者动作片，不喜欢在那样的喧闹中度过时光，散场后，什么也不会记得。曾有一段时间，和一个朋友进行比赛，两个人以一周为限，背诵《大明宫词》皮影戏《采桑女》的那段台词："野花迎风飘摆，好像是在倾诉衷肠；绿草萋萋抖动，无尽的缠绵依恋……"约定比赛时，我俩正坐在一个羊头汤馆，喝着冒着热气的汤，一边聊天一边往碗里泡掰碎的饼，旁边，是一瓶红星二锅头。

文艺片，王家卫的电影自然是首选，虽然大多数人抱怨看不懂，我也不能完全理解导演的意图，但是，仍旧可以找到自己想要的东西。

同样喜欢张曼玉、梁朝伟。都是沉默的人，不善言谈，只字片语，就是一部电影的所有台词。买来三十几件旗袍，修改到合身，每日穿着上班，在课堂上讲课，头发挽成高高的发髻，插一只发簪，垂下的流苏，发出叮当的清脆响声。这样的穿着，穿梭于城市，似乎有点儿异类。我不顾人们的侧目和猜测，有人当面称赞优雅，有人背后讥笑太过妩媚。我无意取悦他人，只为自己欢喜。旗袍本是传统服饰，和汉服所传递的民族信息并无两样，污秽的想法只是内心的映射，如同佛印与苏东坡的故事："你看对方是佛，因为你是佛；你看对方是狗屎，因为你是狗屎。"于是，我依然穿着开衩、盘扣的各式旗袍，踩着黑色高跟鞋穿梭在人群中，孤傲地抬起头颅。穿上旗袍，人的动作也慢了下来，渐渐学会安静，动作温柔优雅。

电影《花样年华》中，张曼玉每日穿着合身的旗袍，曼妙地扭动腰肢，拎一只饭盒，去街口的小摊买馄饨。那个场景，美丽得让人眩目。多的那一张船票，终究没有等到那个人。电影结束时，周慕云附在一个树洞前，说出自己所有的秘密，然后，用一团草填补，转身离开。

看电影时我一直在想，那个可以保守秘密的树洞在哪里？查了资料，知道那里是柬埔寨的小吴哥，于是，决定出发。我没有什么要讲给树洞的秘密，只是，想去看看那个国度。

柬埔寨保持着原始的美，这种美，略带一种神秘、一种未知、一种蕴藏的潜在力量，让我着迷。那里植物的绿色，不是我常见的那种翠绿，而是一种浓郁的、深沉的绿，这种绿，甚至可以弥漫在整个空气里，闻嗅得到，随着呼吸，进入身体。

第一次去小吴哥，是一个午后。柬埔寨的天气很有趣，每天中午，必定要降一场雨，随后，便是晴空。当地的人们早已习惯了这样的雨，安心地吃着午饭，擦掉嘴上的饭菜痕迹，雨便停了。驱车前往小吴哥，在停车场买了当地人用箱子盛放的冰棍儿，舔着吃，抬头，就看到恢弘的小吴哥。那不是一座高大的建筑，但是占地面积很大，耸起的五座尖塔，是它的独特标志。外围长长的回廊，雕刻着精美的浮雕，各式的佛像，或双手合十，或低头浅笑，随处可见。据说，它曾经消失于浓密的树林之中，直到150年前才被发现。我不知道，当初发现它的那个人，看到它的第一眼，会是怎样的心情。如今，坐在高高的台阶上，吹着风，闭上眼睛，依然能够感受到当年这里发生过的故事，听到回廊里漫步走过的脚步声。就这样，我在小吴哥坐了一个下午。

第二天，包了 TUTU 车，一个年轻的男子，带着我们四个姑娘，凌晨四点赶往小吴哥，为的是那著名的吴哥日出。以为我们起得很早，到了那里，才发现已经聚集了很多人，架起许多的相机，长长短短的镜头，不断调试。夏季清晨的吴哥窟还是很冷的，选了靠左边的位置，买了一杯热咖啡，捧在手里，伴随着咖啡香气的弥漫，天色渐渐亮起来。

小吴哥前面有一片水域，这里是最佳的日出观赏点，因为，水面可以倒映出整个吴哥窟，影影绰绰，遥相呼应。几棵高耸的树木，笔直的树干，没有枝杈，顶端，是一个小小的圆形树冠。其中的一棵树，树冠的形状奇特，疏密有致，远远望去，像是一个问号。小吴哥依然笼罩在一片黑暗之中，极暗的光线下，这座城池，令人生畏。人们焦急等待，用各国语言窃窃私语，却无一人大声喧哗，人们带着一种崇敬的心情，等待那吴哥的日出。

请把我

背后的文字

种在你心里。

✳ 越剧情结

✽ 远归的门匾

将岁月请进笔画，
愿有缘在远归小憩的你
永远年轻。

✳ 远归客栈

是不是有摩诘的诗境？
掬水月在手，
弄花香满衣。

✳ 我和于夫

世界那么大，

我想去看看——和你一起。

✳ 我和于夫

兜兜转转的光阴，
竟是眼前。

✳ 我和于夫

在田野与树面前，

我和于夫都是小鸟。

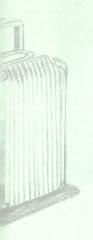

缘来是你。

✳ 结婚

※ 心的远归
天天向上

忽然，天色有一点亮了，不是想象中那种明亮的黄色的光芒，而是绯红色。看不到太阳，可是，天空却一片霞光。这样的光芒，折射在水面，出现了奇异的景象：两个吴哥窟，一正一反，同样被绯红色的神秘的光包围着，颜色不断变换，如同这绯红的光芒是流动的颜料，不断在天空和水域中涌动，美丽异常。很快，天色大亮。

至今，仍对吴哥窟的日出记忆深刻，每每给朋友讲起，我的眼睛也会发出奇异的光芒。没有刻意去寻找电影中的那个树洞，也没有什么秘密需要掩藏。时常怀念那片绯红色的天空，想念坐在石阶上吹风的那个下午。

在柬埔寨，还发生过有趣的事情。那是个英语通行的国家，仗着高中时回回考试全年级第一，我在那个陌生的国度丝毫没有怯意。同行的朋友提出想去试试当地最有名的"油炸毒蜘蛛"，虽然这个想法有点儿疯狂，但是，还是好奇地随她前往。坐着 TUTU 车，吹着夏日的凉风，两个女人跑到酒吧街。下车时想问司机，哪里可以买到，但是忽然间大脑空白，无论如何也想不起"蜘蛛"那个单词。于是心生一计，拿起纸和笔，画了一个蜘蛛的样子。不知是我绘画技术太烂，还是司机的领悟能力不够高，他端详了半天，摇头说"NO"。于是，我又试图用英文描述："It's a local animal,fried." 他还是摇头。走投无路之际，我忽然灵光一现，想起了电影《蜘蛛侠》，就两手拇指和中指连在一起，做出蜘蛛侠吐丝的架势。他终于明白了，眼睛冒着光，指着不远处。于是，我们找到了那个有名的小吃。终于明白一个道理：有时，再多的知识储备，也需要丰富的生活体验。

厦门

曾经去过厦门两次，喜欢那个城市，干净，宽阔，浪漫，自由。

第一次去时，是朋友接待，开着车带我到处游玩，无须提前准备攻略，他们选择了最特别的景点，直接前往。这样被安排的旅行，有点儿不对我的胃口，虽然被安排了行程，可是住的地方，还是坚持要自己做决定的。

在网上看了很多家，最后选定了曾厝垵的一个小旅馆，有一个很好听的名字，"洛洛"。女主人是一个温柔美丽的女子，每天清晨拿着长长的水管在院子里浇灌花草，腰间系着干净的围裙。男主人小黑是马来西亚人，人如其名，真的极黑。小黑喜欢冲浪，家里的院子里放着冲浪板，空闲的时候就走出巷子，隔着一条马路就是大海。家里养着两条狗，一条叫"哈市"，另一条叫"裤衩儿"。我问他们，为什么叫"洛洛"，这个家里没有一个人的名字和"洛洛"有关啊！女主人说，洛洛是邻居家孩子的名字，那个孩子，有着明亮清澈的眼睛，每日笑声朗朗，那是最单纯干净的心灵折射出的美好世界。

小小的院落，处处都是精致的花草，主人说，单是这些花草，就花了好多钱。可是他们喜欢这样满眼的绿色，所以不惜重金，细心养植。第一次听到小野丽莎的声音，就是在这样一个绿色的世界，充满磁性的女声，浅吟低唱。

第二次去厦门，是在前年春节前。那时电视里热播着《爸爸去哪儿》，我看了，就想：我也可以搞一个《姨妈去哪儿》。于是做了详尽的计划，在寒假一开始，就带着我的外甥去了厦门的鼓浪屿。计划中使用了好多心理游戏，从踏上飞机那刻开始，就开始想尽办法"折腾"这个九岁的男孩儿：用密码卡和密码纸破译密码，才能找到当天入住的客栈，为此，我们每天换一个客栈，背着背包每日奔波。寻找旅馆时，童哥一手拿着地图，一手拿着破译的客栈地址名称，满大街寻找。由于鼓浪屿的道路蜿蜒，往往一条路分好多路段，相邻的房子，门牌却能相差几十个数字，这可难坏了童哥。我就跟在他的身后，表示我是个无能为力的"老年人"，万事只能依靠他。有时找了好久都找不到，童哥急得一头汗，回头无奈地笑着对我说："姨妈，要不咱们扔鞋决定往哪个方向走吧？"之后，他还是不放弃，继续寻找，不断问路，终于抵达。

一天早晨，醒来后童哥不想起床，坐在被窝里玩手机，我就悄悄地洗漱完毕，穿好衣服对他说："今天的第一个任务是，在'日光岩'

集合，我现在出门，你看好时间，半个小时之后才可以出发，走的时候关好门。"说完，我就走了，留下张着大嘴的童哥。鼓浪屿是一个小岛，我放心他单独行动，是因为他没有船票出不了岛，而且，实在找不到，街上那大大的广告牌"人民警察护送走失儿童"给我吃了定心丸。我坐在"日光岩"广场上的台阶上晒太阳，没多久，就看到童哥和一个老奶奶向我走来。童哥远远地看到我，礼貌地和老奶奶告别，冲我奔跑过来。接下来的任务是解决午饭问题。我递给童哥一个"拍立得"相机，告诉他，一张相纸的成本是五块五，你去给别人拍照，收多少钱一张我不管，只要十二点前你挣够了六十块，我俩就去吃饭，挣不够，就一起饿着。童哥有点儿不好意思，拿着相机在人群里转悠了半天，也没敢跟一个人说话，只是跟着一些人走，然后，停下来，再转向另外的一些人。我不急不躁地坐在中央公园看着他，偶尔四目相对，给他一个微笑。童哥终于鼓起勇气跟一个人说了话，一会儿就看他给那个女人拍了张照片，童哥憋得满脸通红，拿着还未显像的相纸使劲儿扇风。那个女人接了电话，走进旁边的奶茶店。童哥不远不近地跟着她，手里依然在扇风。照片终于显示了出来，他递给那个正在打电话的女人，女人看了一眼，收下了照片，没有付钱，继续交谈。童哥期待的眼神渐渐暗淡下去，我把他叫过来，问他怎么了。童哥说，她一直在打电话，我没好意思打断她，可能她打完电话就会给我钱了。我又问他，你拍照前跟人家说了是收费的吗？童哥摇头。我说，那这次是你的问题，你应该提前讲清楚，人家可能觉得你是免费拍的，这张照片就算是个教训，送给她好了。童哥再次拿着相机出发，这次，他会先和游人讲清楚，然后，被无情地拒绝了。童哥又走到我身边，有点儿沮丧，我就耐心地引导他分析原因。我问他，你觉得什么样的人会是你的客户？会愿意拍照？童哥想了想，说，游客，第一次来鼓浪屿的，情侣，或者好朋友，他们应该会想留下特别的照片做纪念。于是，他再次鼓起勇气跑到人群里，不断地和别人打招呼，不断地被拒绝，终于，几个学生模样的女孩儿答应了拍照。童哥很认真地拍，拍完用力地扇风，好让照片快点儿显现出来。童哥举着挣到的第一个"十块"向我招手，开心得咧着大嘴，笑得能穿过他的大板牙看到喉咙。很快，童哥挣够了六十块，我俩牵着手去龙头路小吃街买了一堆好吃的，饱餐了一顿。这是童哥请我吃的第一顿饭。

后来，连每天换客栈，我俩也分开行动。从不同的路走，然后，在客栈集合。他每次都能比我先找到，无论那个客栈在什么难以寻觅的角落，当我走进门的时候，就能看到他的微笑。登记入住时，我把身份证放在桌子上照着写，童哥走过来，用手轻轻地遮着，小声对我说："姨妈，注意个人信息保密。"我听了，就在旁边大笑，有时，他是我的老师。

我们奔跑着登上鼓浪屿最高的地方，站在山顶看大海和郑成功的雕像，一起呐喊；我坐在礁石上晒着太阳吹着海风，看童哥用沙子砌城堡；在夜市上啃着烤螃蟹，吃着大肠包小肠，谈古论今；买了奶瓶装的奶茶，和超大杯的爆米花，吃着喝着逛街；我带他去环岛路，两个人骑着双人自行车一路狂奔，累得我直喘粗气，童哥说："蹬不动了吧？好了，看'哥'的！"我带他去厦门大学，让他站在校门口拍照，告诉他，将来谁吓唬他，他就可以拍着胸口说："我是吓（厦）大的！"……童哥说，他喜欢旅行，想去很多很多地方，将来，等我老了，他要带我四处游走。我听着，记在心里，我知道，他说的都是真的，将来，他也会在旅行中不断成长，找到自己想要的生活，勇敢乐观地面对一切。

世界那么大，我想去看看

后记

时常有人问我，你和于夫，去过哪里旅行？我笑，说："大连、哈尔滨、郑州、洛阳、开封、济源、登封、北京、上海、成都、街子古镇。"这样的回答，似乎无法满足大家的需求。

人们可能更希望看到我们周游世界，一路行走，拍摄唯美浪漫的照片，写下路上的心情，然后，在某一天，慢慢地讲述给他们听。

以前曾跟朋友们说起过，如果有一天我的生命结束了，不希望在墓碑上刻上我的生平，什么"优秀共产党员""中学高级教师""公开课一等奖"之类的名头，只是希望，刻上一幅世界地图，把我去过的地方标注出来，就足矣。一切的名誉，都是过眼云烟，自己对自己的评价和认可，才是最重要的。

遇见于夫之前，每个学期还没结束，我就开始渴望旅行。那似乎是一种逃离，逃离现实社会，到一个地方，生活一段时间。不四处行走，只是待着，和当地人成为朋友，听他们讲故事。我总是假期一开始就出发，然后，依依不舍地，在开学前一天晚上才回到家。于是，我在路上认识了好多人，从陌生变为朋友，有时一起行走一段，有时转身就告别，也许，此生再不相见。

那时的旅行，是一个人的勇敢与执着。而如今，我遇到了生命中那个重要的人，我想，今后的旅行，一定是在一起的，还有我们的宝宝，一起踏上旅途，享受行走的美好。曾在美国遇到一家四口，穿得极为简朴，衣服似乎都洗得脱色。后来我们聊起天，他们告诉我，他们两个人遇到了，相爱了，于是一起继续旅行。在路上有了孩子，就带着孩子，继续行走，现在，一儿一女，依然在路上，很简单很幸福。当时就被这一家四口感动到融化了，那时我就在想，多么希望有一天，我也可以遇到这样的人，相爱，携手一生，一起周游世界。

如今，我遇到了于夫，有了可爱的宝宝，我觉得自己是世界上最幸福的人，每天只是感恩生命，没有更多的欲求。外界再多的评论都与我们无关，只要我内心坚定勇敢，就会一直幸福下去。不在乎去哪里，只在乎与谁同行。我们给孩子取名于适，希望她可以健康长大，做自己喜欢的事，顺其自然，简单快乐。我不想给她太多的期盼和限制，只是希望带着她一起行走，在路上，找到快乐，遇见更美好的自己。于夫，是我在路上遇到的最美的风景。世界那么大，我就想跟他们一起去看看！

作者 2016 年 4 月 13 日微博：

今天，是我递交辞职信一周年的日子。

2015 年 4 月 13 日上午十一点，我坐在我的办公桌前，提笔写下那十个字，然后，离开我原本的生活。

熟悉我性格的朋友并不惊讶，因为我素来就是那个敢想敢做的丫头，内心强大，想好了的事情，任谁都无法阻拦或者改变。到现在，我还和我以前的同事、朋友保持联络，不是每天打电话，只是偶尔联系一下，彼此问候，感情没有因为距离而疏远，反而更加关心对方。

今天，我和于夫没有按照原计划去城里看电影，两个人在客栈里忙活了一天，他牵着我的手在古镇里散步，然后一起洗菜、切菜，准备晚上的火锅大餐。没有仪式，没有礼物，我们从不在意那些形式上的东西，不喜欢为了做一件事而去做，平静的日子就这样一天天过去了，两个人，心在一起，就没有比这个更好的礼物了。

有人问我，你辞职后走红，最大的收获是什么？我想，我可能是这个时代所谓的网红中，极少数没有抓住机会去成名立万的人了，我做喜欢的事儿，和兴趣相投的朋友在一起，还是那个简单的傻丫头，挣该挣的钱，吃自己的饭，心安理得。如果真的要说最大的收获，我想，不是被人们认识和关注，而是我终于找到了喜欢的人，过上了幸福的小日子。

还有更好的事儿在前面等着我们呐，日子长着呢。

部分网友留言：

喜剧收尾 Zzz：不管大家如何看待，作为我个人，从网络上看到你的故事，觉得只有在电视里才有的情节，居然真的发生了，能生活在这样的古镇，远离城市的喧嚣，和大郑州的雾霾天气！希望将来有机会能去你的客栈住一下，我也准备辞职了，不过悲催的是，辞职以后我需要寻找另一个可以维持生计的工作～我向往你的生活！

简爱 BoBo：一种人生叫作顾少强于夫，和你一起就是最好的退路，不为噱头，不顾金钱，只为按照自己的方式，和爱的人，走更远的路，下次去成都，要住一次远归客栈～

崔博涵 425：我最佩服的就是你这样敢想敢干的人，现在大部分的人已经不敢做自己想做的事情了，尤其是年纪越来越大了以后，有时候放弃原来的才能找到真正的自己，我支持你！

chengdu 文海咏：写得很好，用自己的行动诠释了生活的价值观，人生的辛福感不在于你获得的极大的财富或者地位，而是发自内心的一种平静，这种平静如一池静水。希望你一直保持这种心境走下去，用自己简单的方式去影响或者改变这个浮躁的社会心态。

作者 2016 年 4 月 15 日微博：

辞职一周年，各路记者又找到客栈，让我谈谈这一年的变化。细心的记者看到我躲着抽烟的他们，于是，有宝宝的事情就这样被猜到。没什么可隐瞒的，我不是明星，不用担心什么，所以，这样的好事，没必要藏着掖着。

我说过，放下了，好事反而接二连三。那天和于夫聊天，觉得很满足，如今的日子，想要的生活过上了，想找的人遇到了，连宝贝，也自己来了。

于是开始各种注意，各种补充。家人邮寄来了营养品和衣服，妈妈每天关注我的微信运动，那天不知怎的走了九千多步，她马上就打电话过来嘱咐我多休息。呵呵，我，变成了重点保护对象，于夫，就是我的禁卫军。

好多人发来微信或者在平台上留言，留下他们的祝福。连远在国外的朋友都知道了这个喜讯，让我再次感叹网络力量的神奇。有人问我，这两天怎么不写东西了？我说，于夫不让我坐在电脑前了，我只能抽出一点时间，在脑子里构思好，然后冲到电脑前，一气呵成。

幸福，其实真的挺简单的，这一年，让我感受到了生活的神奇与平凡。日子，就该是这样度过的吧？认真，怀有期盼，不奢求，不纠结，然后，好事儿自然来。

部分网友留言：

_只愿肩上花一朵：这样真好，祝福你们，祝福宝宝。还记得今年高三时做的语文选择题上提到"史上最具情怀辞职信"，当时看到这个，感觉能够成为自己想成为的人真好。碰巧今天在开门大吉上看到你的节目，一切也是缘分啊！哈哈。

七月－夏未央：羡慕姐姐的生活，我还在努力着，只为挤进体制内过上稳定生活，每天都感觉压力好大，而姐姐却轻而易举地放弃了，嗯，人各有志～

朋友推荐团：

著名音乐组合 羽泉：生活，不是世俗的生活方式，而是活出自我人生的意义。世界那么大，我想去看看，是大众所向往的。你的状态是个时代的符号，足矣。

演员、主持人　钉铛： 我听说全世界最短辞职信"世界那么大，我想去看看"的时候，因为演出事故而骨折的腿还有些行走不便，对于一个本着生命在于折腾这一信条的人来说，这十个字简直就是想得却不可得的折磨！着实羡慕她说走就走的人生豪迈，嫉妒她拒绝平庸的勇气！恨她让我苦苦压抑蠢蠢欲动的心再次躁动……奈何我这受伤的腿，那种行走江湖快意人生的境界我架多少梯子都到不了了！那么，问题来了——那位写了十个字、引发了一波离职潮的女侠，她是不是跟我一样，也是个语言上的巨人行动上的矮子？世界那么大，她去哪儿看了？啥时候回来啊……

半年前，在《开门大吉》的录制现场我见到了她，和她的他！原来，她所做的一切都是他在冥冥之中对她的召唤，就是为了和他相遇……听起来很神奇，看上去很甜蜜！顺便八卦一下，他很帅，很高大，很爷们儿！他俩在成都附近开了一家别致的客栈，我得去看看。如果您想知道辞职以后她的生活究竟发生了什么，就在本书中一探究竟吧！

估计这会儿他们的娃已经满月了！哇哈哈哈哈哈……

旅游研究专家　杨宏浩博士： 每当朋友们来崇州看望我时，拜会街子古镇远归客栈的顾老师是必选动作。在大家眼里，她已经成为遵从内心呼唤、自在旅行和生活的符号。"世界那么大，我想去看看"道出了大家的心声，虽不能至，心向往之。街子古镇是顾老师和于夫实践情怀的原点和起点，在这里，他们收获爱情并即将迎来爱情的结晶，他们正积蓄力量，向远方的风景进发，去追逐心中那美好的梦想。

街子古镇邻居　无极楚承明： 在未认识顾少强老师之前，有天晚上我去茶马司喝茶，听到大家都在议论：有位教师因为写了"世界那么大，我想去看看"的辞职信，红遍了网络，现在来到了街子，准备在街子古镇长期住下，还常到茶马司喝茶。其实我对这些是不以为然的，不过，心里想，作为一名教师，待遇优越，职业崇高，许多人都向往，却豪然辞职，去面对未知的未来，这是需要极大的勇气的，非大丈夫不能断。

2015年初夏的一个晚上，我正在沏茶，门前站着俩年轻人，恭敬地问："请问能进去吗？"我说请进。落座后，他们自我介绍，我这才知道，原来顾少强老师是位温文尔雅的女性。从此，我和顾老师、于夫先生便结下了友谊。

"世界那么大，我想去看看。"一封普普通通的辞职信，却在社会上引起轩然大波，街头巷尾、茶余饭后，聊天摆龙门阵都以这十个字为话头。有的说是为了炒作，有的说是为了出名，褒贬之词不绝于耳。炒作乎？出名乎？是也，非也！的确，顾老师因此而不经意地出名了，出大名了，大得连她自己也始料未及。电台、电视台、报刊、网络、学校、企业、社会团体以及海内外专家学者、艺术家、诗人、社会贤达、认识不认识的朋友等等，纷至沓来，就连我的朋友也从四面八方来电询问，不可谓名气不大！

但我想，这并不是顾老师所要的结果，更不是她写那十个字的初衷。我想，她写那十个字的真实含义恐怕是想以古人"读万卷书，行万里路"的教诲去认识世界、了解世界，体味天宽地厚的博大情怀，践行笃初慎终的誓言，从而进一步充实完善自我。她这样做了，四面八方，游遍名山大川；五湖四海，贤达慕往远归。她语言文字功底深厚，才思敏捷，将游历所思所想、所见所闻倾注笔下，发表了许多游记、散文、杂谈，多家传媒为其开辟专栏。她更在游历中找到了伴侣、爱人——于夫先生，并将很快迎来他们爱情的结晶，真可谓天设地造的于顾一家！

顾老师虽然出名了，但她依然朴实无华，依然那么谦和低调，诚实淡定，面对川流不息的宾客、媒体以及社会的褒贬之词泰然处之。她上得厅堂下得厨房，待人接物周到热情。穿着素花布衣，背着小竹背篓，骑着自行车穿行于大街小巷，俨然一村姑，完全融入当地生活。他们夫妻现住在山水清幽的街子古镇，并精心打造出别致的客栈，名曰"远归"，国内外慕名而至的人络绎不绝。

"世界那么大，街子来住下。"我想，这是对"远归"的最好诠释吧。

诗意推荐人：中央电视台新闻主播 崔志刚

乐心筑
—— 为"世界那么大，我想去看看"辞职女教师出书而作

崔志刚

直到那一刻
我读到那一行文字
写着和我一样的语言
摊开了干净的纸面
在安静中放荡不羁地撒欢

才发现在稠密的声浪中
有许多心有清净的理想
一直都在完美地实现
抱定着信念、执着、平凡

直到那一天
我看到那两个少年
有着和我一样的笑颜
放开了红润的双手
在阳光下肆无忌惮地灿烂

才知道在灰暗的尘霾里
有许多属于情怀的戏份
一直都没有停止过上演

演绎着情、爱、随性、至善

是雪夜里停泊下一只透亮的小船
就为了探一探流水的深浅
是细雨中修筑好一家远归的客栈
把生命的态度着落在了一块坚实的营盘

不说耀眼的光华夺得了多少人的追逐艳羡
做好自己故事的主角就是真正的不凡
不说尊荣的显露赢取了多少人的拥戴颂赞
放任自我心性的选择是能让真情尽展

任时光还会再转过一千遍
任岁月它还会抹去了昨天
每一次率性的停驻都不是虚幻
每一份存在的经过都说着绚烂

船靠岸　宿客栈　是营盘
停下来看一看
流水经年　随处是春天

图书在版编目（CIP）数据

世界那么大，我想去看看 / 顾少强著
—北京：人民日报出版社，2016.10
ISBN 978-7-5115-4239-7

Ⅰ.①世… Ⅱ.①顾… Ⅲ.①随笔－作品集－中国－当代
Ⅳ.①I267.1

中国版本图书馆 CIP 数据核字(2016)第 251060 号

书　　名	世界那么大，我想去看看
作　　者	顾少强

出 版 人	董　伟
责任编辑	陈　红
封面设计	左左工作室

出版发行　**人民日报**出版社

社　　址	北京金台西路 2 号
邮政编码	100733
发行热线	（010）65369509　65369527　65369846　65363528
邮购热线	（010）65369530　65363527
编辑热线	（010）65369844
网　　址	www.peopledailypress.com
经　　销	新华书店
印　　刷	大厂回族自治县彩虹印刷有限公司

开　　本	880mm×1270mm　　1/32
字　　数	160 千字
印　　张	8.5
印　　次	2016 年 11 月第 1 版　　2017 年 5 月第 2 次印刷

书　　号	ISBN 978-7-5115-4239-7
定　　价	39.80 元